魏晋名士系列

张渺 著

广陵绝

风流嵇康

嵇康，三国时魏末文学家、思想家与音乐家。魏晋玄学的代表人物之一，善于音律。创作有《长清》《短清》《长侧》《短侧》，合称“嵇氏四弄”，与东汉的“蔡氏五弄”合称“九弄”。他的《声无哀乐论》、《琴赋》、《养生论》等作品亦是千秋相传的名篇。与阮籍、山涛、向秀、刘伶、王戎及阮咸合称竹林七贤，七人的政治思想和生活态度大都“弃经典而尚老庄，蔑礼法而崇放达”。其中，嵇康的成就最高。

内蒙古出版集团
远方出版社

图书在版编目(CIP)数据

广陵绝·风流嵇康/张渺著. –呼和浩特：远方出版社, 2011.1

（魏晋名士系列）

ISBN 978-7-80723-583-5

Ⅰ.①广… Ⅱ.①张… Ⅲ.①历史小说–中国–当代

Ⅳ.①I247.5

中国版本图书馆CIP数据核字(2011)第014446号

魏晋名士系列 **广陵绝·风流嵇康**

策　　划　陈莎莎

著　　者　张　渺

责任编辑　张　宇

封面设计　墨天策动

版式设计　韩　芳

出版发行　内蒙古出版集团　远方出版社

社　　址　呼和浩特市乌兰察布东路666号

（电话 0471-4919981　邮编 010010）

经　　销　新华书店

印　　刷　北京中达兴雅印刷有限公司

开　　本　700×1000　1/16

印　　张　14

字　　数　150千

版　　次　2011年3月第1版

印　　次　2011年3月第1次印刷

书　　号　ISBN 978-7-80723-583-5

定　　价　26.00元

前 言

2010年的6月初，我在山阳，和一千七百年前的嵇康站在同一片土地上。那时候的他风华正茂，正如现在的我。

也许这就是我这次非要来山阳看一看不可的原因。

在我开始动笔的时候，心中的山阳，是一座有着千年沧桑的古城，砖瓦上斑驳的痕迹，大约便是魏晋人物风骨的注脚。

在那样一个年代，有这样一群人，长歌当哭、放浪形骸，嬉笑怒骂皆成文章。在面对许许多多让人无法挣脱的、无形的枷锁时，他们只能用有形的外在行为去把自己内心的苦闷淋漓尽致地甩出来，甩在世人面前，任人评说。精神越是寂寞，举动越是癫狂。

嵇康是这群人中的佼佼者，用现代人的审美来

看，他高大英俊，文武双全——几乎令人过目不忘——而且，他能“玩”音乐，会弹琴作曲，他还热衷于打铁，有一副好身材。这样一个人，几乎是“完人”了。

所以，才会时所不容吧？他对于精神的追求，太超脱于时代了，太“不合时宜”了。

如果，在一个平安喜乐的年代，也许他会安安稳稳做一个大隐于市的文人，著书立说，最后得享高龄——毕竟他是养生的行家呀。

而山阳就该是他一直隐居下去的地方。

真实的山阳——如今的焦作市，却和我想象中不太一样。

我在城中四处走动，试图寻找到一点昔日留下的痕迹。最终，一片破旧的土城墙消弭了我的期待。这就是山阳吗？就是那个应当见证了那么多悲欢喜怒的地方？竹林名士的飘逸何在？魏晋文人的不羁何在？那么多的千古风流，难道都被雨打风吹去了吗？

大概这就是历史的必然。

如果嵇康泉下有知，见到此情此景，也许，只是会一笑了之吧。

目录

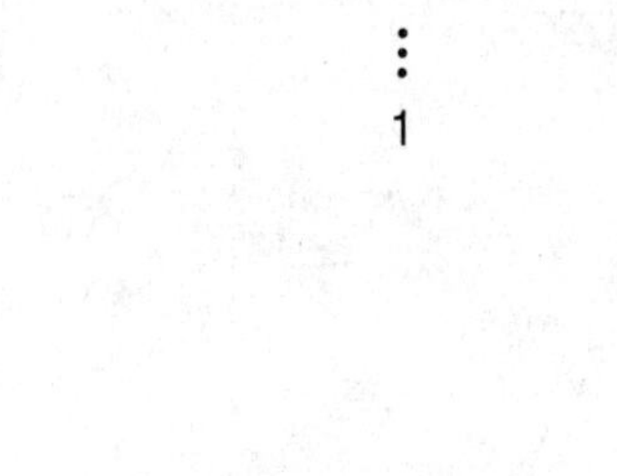

楔 子

公元262年，嵇康四十岁。历史上没有记录这一天的天气，但却是嵇康活在世上的最后一天。

洛阳东市刑场。一段悲壮的死亡。

坐在刑场上的时候，嵇康抚着的是自己那把琴。

随着看押他的皂吏，先是步行，后坐了囚车，又是步行，一步一步，他接近自己的死亡。

已经是在刑场上了吗？

他环顾周围，有好些熟悉面孔，有的是他的学生，正在神色激愤地呐喊，有的是他的朋友，都是十分悲痛的神情。至于那些面有喜色的，自然是他的敌人，他得罪过的人。只不过他的老对头钟会是个例外，他脸上的神情，是矛盾么？好似是介乎于欢喜与沉痛之间、矛盾的表情。

无暇再看钟会，他瞧见了管家嵇禄，捧着他的

琴走了上来。

“夫人呢？”

“夫人说……她不能来，她带着小公子和小姐，一早就出发回山阳了。”

嵇康苦笑：“回得好，他们没来就好，怎么能让她、让孩子见到我……”

这时，他的镣铐已经摘了，盘膝坐在刑场的台子上，双手接过了琴。

那是一把好琴。他用那把琴弹出过最好的曲子，那些曲子似乎现在还在竹林中飘荡。他弹了一次又一次，终于弹至此刻。

最后一次？

手指轻触琴弦，“铮”的一声，在一片喧哗与嘈杂声中几不可闻。

下面似乎有什么人抗议了几句，但很快就和那琴声一同淹没了——人头落地，血溅三尺才是他们想看的，这死囚带着一把琴上刑场倒确是新鲜，但没人在乎。

他出生那一年，三国鼎立，各自纷扰，西蜀的刘备于白帝城驾崩，曾经人才济济的蜀汉走上了下坡路，远在北方的曹魏，却发展到了鼎盛时期，曹丕建魏称帝，大举进攻西蜀。

在这样的乱世中他长大了，正始年间，曹爽秉政，侍中何晏党附，与夏侯玄、王弼等清谈论玄，开一时风气。二十岁，就是这一年，他决意一个人出发，前往河内的山阳，让他的人生轨迹沿着一条他当初出发时绝没有想到路脱缰而去。

嵇康的目光似乎凝滞在天际。

不，不能这样说。他侧了侧头。他这样的性格，也许注定要去山阳，注定要用那样一种姿态经历那些人或事。

乱世的时候，文人总是有乱世的姿态。战乱的年代，更迭的政权，总是不会给这些太清高的人留下多少余地，因言致祸也好，谨言慎行也罢；或是愤世嫉俗，或是遗世独立。嵇康不知道自己的生命能在历史中留下怎么样的痕迹，谁让自己正是出生在这样一个时代。

他再次想起了那一年，他去山阳的那一年。

第一章 少年怀幽愤

正始三年，公元242年。

曹爽秉政，侍中何晏党附，与夏侯玄、王弼等清谈论玄，开一时风气。这一年，二十岁的嵇康背着一把琴，自谯郡移居山阳。

嵇康是“竹林七贤”中最值得一说的美男，洒脱、率真而特立独行。好友山涛也曾赞过他这一点：“嵇叔夜之为人也，岩岩若孤松之独立，其醉也，巍峨若玉山之将崩。”山涛的夸赞让妻子韩氏觉得奇怪， 为此，当嵇康来家里拜访的时候，韩氏居然让山涛留宿嵇康，而当他们酣饮畅谈的时候，韩氏“夜穿墉以视之，达旦忘反”。

当嵇康被害二十年后，儿子嵇绍入洛阳，其俊美挺拔也曾传入王戎耳中，王戎当时感慨着对夸奖嵇绍的人说：“你还没见过他的父亲呢！”

属于自己的故事，嵇康未必全都知道。随性和自然，使他总是沉浸在自己的世界里。酒、音乐，乃至打铁。跟能一起畅谈的人畅谈心意。

如果能一辈子都这样子，就好了。那时的嵇康或许这样想过。

就算他要到山阳去了，他也离不开他的这一切，尤其是他的琴。

清晨嵇康醒来的时候，脑中还萦绕着梦中的琴声。

梦里他有了一把好琴，那琴长七尺二寸，厚约二寸，纯丝为弦，木色焦黑，纹如冰裂，琴头临岳，琴底龙池，方正雅致，琴囊则是用玉帘巾单、缩丝制成，琴徽则是薄薄的几片翡翠，通体碧绿，流光溢彩。他轻抚了每一根琴弦，指尖触在琴上，先是觉着冰凉，随后又暖了起来，最后竟像是火烧着，好似在催他拨一拨弦。

梦中的他，抱着琴如获至宝，指端触在弦上轻轻一拨，琴音兀地拔起，透明如珠，于是他在琴上着意挥洒，音随意动，如击玉磬。他奏了一曲《广陵散》，金戈铁马之意绕琴峥嵘，弦音似是咬在了一起，又似是零零落落破空而出，一下子便撕开了他与琴周围的一切。他的指尖挥动得更加快了，比醒着时的技法更加娴熟更加自在，这就是梦吧，总比醒着时让他多几分快意。

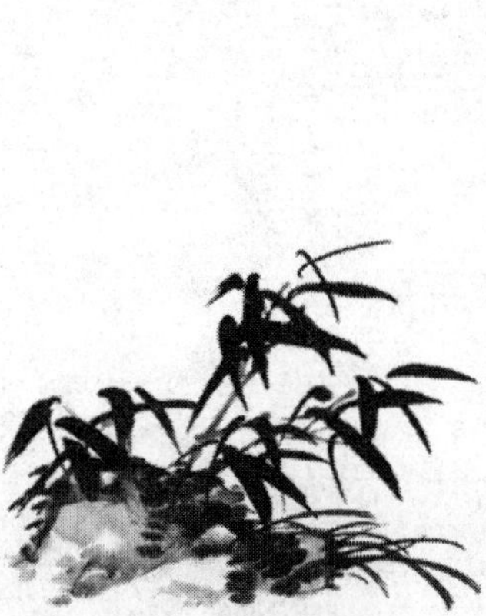

怎料却醒了，大概是因为今日的阳光太好，才是清晨，隔着窗纸，已觉得一缕缕打在闭着的眼上，能看见七彩的光晕，团团晃动着，晃得他丢下了梦中的自在和琴音，慌忙醒了过来，眼一张，又不得不眯缝了一下，将脸侧开，略躲一躲阳光。

人虽是醒了，梦中琴音未歇。霎时间，他听着旁的声音，包括檐上的鸟鸣、风吹着窗纸、廊外几个人来回走动的脚步声、还有大哥嵇喜匆匆唤着他的声音，都像是那把琴发出来的了。

终于还是要清醒。面对现实，哪怕是不愿意去做的事情。想着，心里就无端增加了烦恼。

“叔夜，快快起来，是仲悌来了。”仲悌是镇北将军吕昭的次子，也就是吕安。与嵇康自幼便相识，常在一处讨论些老庄之道。吕安也是性情中人，恃才傲物惯了的。在嵇家，他也只与嵇康至情来往，至于嵇康的大哥嵇喜，他是不放在眼里的。

嵇喜，他的大哥，并不曾进屋，只是在门外喊着。嵇康在榻上“嗯”了一声，又疑心大哥并没有听见自己随意的这一答应，高声再补了句：“知道了。”人已经坐起来了，宽袍大袖，原来昨夜睡下时不曾宽衣。

想到好友来访，毕竟是有些欢喜的。他匆忙梳洗一番出了门，进了前厅，见吕安一人负手而立。便上前道：“正打算临行前去与你说一声，你却来了。”说罢引吕安坐下，下人已奉上茶来。

吕安捧过茶盏轻轻抿了一口，道：“你去找我？看见我大哥，你虽是不说，脸色也还好，我却知道你心中不痛快，还是我来找你吧。正好给你送行。你这家伙，明日就动身了吧？”

嵇康笑道：“你与我大哥说话就有好脸色看么，只是没闹起来罢了。”

“闹起来？”吕安失笑，“你们兄弟都是有名的不动声色，你还有几分脾气，只要不来惹你，你也不会翻脸，你那大哥？嗨，你我的城府，是比不了他的。就算我要无礼，他也不会发作的。”

嵇康不语，只是笑笑，又道：“说是来送我，只怕又是来找我喝酒的。我明天一早动身。行李早收拾好了，此番去山阳，还不知何时回来，你若得闲，不妨去找我住几日。”

话音未落，只听身后一阵脚步声，嵇喜已走了进来，一脸笑容，倒是十分热情，上前道，“仲悌多日不曾见了，令尊可好？”

吕安却没答话，只是低头喝茶，嵇喜在一旁讪讪笑着。

嵇康兀地想起了一件事来。那一日也是吕安来访，恰好自己不在，哥哥嵇喜十分热情，几番请吕安进去坐。不料吕安并不搭理嵇喜，提笔只在门上写了个“鳯”字，便扬长而去。待自己回来，大哥提起此事，仿佛还十分欣喜，直说吕安瞧得起自己，才用这个“鳯”字夸赞。嵇康心中暗笑，却不

敢告诉大哥，这个“鳳”字，拆开来就是“凡鸟”二字，吕安私下嘲讽他是“凡鸟”的言辞，想不到竟题在了门上。想是吕安那一日实在对自己这大哥烦得厉害了。

嵇康瞧了瞧吕安，又看向自己大哥，突然觉得大哥未必不知道吕安那次题字的意思，只是不发作罢了，眼见吕安这已经是有些无礼了，嵇喜还是毫无愠色，心下又有些不忍，毕竟自己兄弟二人自幼失怙，全仗大哥带大自己。这位大哥的为人，虽是常为清流所不屑，但毕竟是自己的哥哥，于是赶忙打圆场道：“我与仲悌正要出去，大哥先不忙招呼了。”

嵇喜一怔，应了一声，还是又与吕安寒暄了片刻，这才转入内室。吕安强打精神勉强应付，面上似有不予之色，嵇喜仿佛也并不在意。

当下二人离了嵇府，到了常去的酒肆坐下，吕安才问道：“此去山阳，可有要投奔的人么？”

嵇康拈起酒杯，杯中琥珀色的酒浆微漾，透明澄澈，隐隐有馥郁芳香扑来，于是一饮而尽，液体从唇齿之间直滑入腹中，周身立时暖了起来。他指端犹自把玩着杯子，直在手中打了几个转，才说道：“倒是送了几封信去，山阳的山巨源似乎是十分赏识我，此人向有才名，只不知待人如何。日前又听闻沛王好清谈，常有一干清流与其来往，我也打算去拜访一下。”

吕安眉毛一挑：“山巨源？你说的莫非是人称颇有器量的山涛？若是去找他，不愁你在山阳不能立足了。”

嵇康手中仍把玩着杯子，不置可否，目光从吕安肩上越过看向门外。酒肆之外已是艳阳高照，周围的景物都被阳光晒得懒洋洋的，看似明晃晃亮堂堂，就像他的人生一般。但是这明晃晃亮堂堂的内里，却又看不出什么，像他此去山阳，不知道会发生什么。

他的父亲是治书侍御史嵇昭。在嵇康小时候，父亲便已过世。虽是自幼丧父，毕竟出身士族，并就没有吃什么苦，且又博学多才，天质自然，长身玉立，龙章凤姿。又恬静寡欲，喜好老庄之道，远近闻名，常有雅士文人慕名前来，或是高谈阔论，或者文章互赏，慢慢地几年下来，虽是年纪轻轻，才二十出头，便已俨然是与当世许多前辈齐名。

对于自己的才学出众，他心中总是暗暗自负的，觉着这一世为人，总是要与他人不同的。这些念头平日只是在心中想一想，不曾与人说出来，不过为人处世，总流露着清高自诩之意。

父亲官拜治书侍御史，大哥嵇喜也早已举了秀才，出仕一途于自己而言，也许早就是注定的了，却似乎与自己性格不符。自己性好老庄，喜欢游山玩水，比起高官厚禄，对养生修仙的玩意儿，兴趣好像更浓些。嵇喜常劝自己“达人与物化，无俗不

可安”。可是，他是不想听从任何人的安排。事事由心，不是更好吗？

他当然明白大哥的意思，在大哥眼里，真正的高人，是不会在乎环境的俗与不俗的，也不必去追求那些所谓的清高。大哥是这样做的，也希望自己的弟弟嵇康这样做。

虽然这样的境界是很难达到的，但是这次，嵇康决意要试一试了。

所以他要出发前往山阳了，那里风景如画，山河秀丽，想要在政治上有所作为的志士，都把山阳作为暂时安身的理想所在。他就要出发去那个紧邻着都城洛阳、聚集了大批当代名士的地方，虽然他仍然没有想清楚自己去了能做什么，能怎样。

二十出头了，总要离开家门出去闯闯的，去就去吧。他想。或许，他还是太轻视混乱的政治环境了，想得太过简单了。或许，他又根本不曾关注过这纷乱的现实。他是不喜欢，不喜欢有时也是逃避。

他望着外面的阳光怔怔出神片刻，坐在他对面的吕安已自斟自饮了几杯，双眸微闭，摇头晃脑，口中念念有词，却没有听清念得是什么。

最终还是吕安先开了口：“过一两年，说不定我也去了山阳找你。”

嵇康收回目光，看向吕安。吕安亦看着他，一时间二人各自无言。嵇康猜不出吕安说的是真心话不是。

只一会儿，嵇康突然抚掌大笑了起来，手中一直捏着的酒杯也“当”的一声轻响，滚在了案几的边上，溜溜转到了案角，险些掉到地上。他一边笑着，一边说道：“好！我等你来！”

吕安也笑了起来，一把抓起酒杯塞到了嵇康手里。

下一次这样一起喝酒，不知道是何年何月了，嵇康想着。不过这想法只是一瞬间的事情，吕安又已经抓起了酒壶，把两人的杯子都斟得满满的。一杯一杯喝下去，倒把那些离愁别绪忘掉了不少。

等嵇康彻底清醒过来，已经是第二天清晨了。

大哥帮他打点好了车马行李，等着他上路。行李不多，几件换洗的衣物，两袭淡青色宽大的长袍，两箱书，还有一把琴。这琴没有前天梦里的好，弹到音色最高的地方时，总觉着凝滞，弦也绷得有些吃紧，让他的神经一并绷着。等到了山阳，过一段时间，再托人四处打听打听，看看能不能寻获一把好琴来。嵇康心中盘算。

马车在颠簸中上路了。

嵇康在马车里坐着，觉得一个人的旅途着实无聊。原想看一会儿书，车偏偏走在了山道上，颠簸得厉害，书卷捧在手里都不稳，勉强看了片刻，便已经头晕眼花起来。原想掀开帘子，和赶车的长随

闲扯几句，又觉着不知道与其说什么好，只怕说不了几句话就要尴尬了，便把书一抛，将马车一侧窗口的布帘挂起，沿途看起风景，倒也自在。

往河间去的官道上倒也并不荒凉，且不提葱茏山色、傍路花鸟，单是道上往来的，总是能看见有几辆马车，也有抬着官轿慢悠悠晃过的，也有单人单骑匆匆赶路的。嵇康随性看看，一时脑中无思无想，十分清明，便觉这旅途虽然艰苦些，于自己也是有许多好处的，至少可以澄清心境。赏山色行人之余，旅途虽劳顿，临行前那一分疑虑和不安却都没了。

他其实并未想明白自己此番去山阳要做什么。去到一个人生地不熟的地方，拜访一些并不认识的人，最后大概要步入仕途，谋一个不高不低的小官，若是声名鹊起，或许能位列三公，或许不能，不过也没什么要紧。他没有尝试过走这些道路，所以到现在为止，他都不甚清楚，外面到底是什么样子的。能否给他一个“举世皆浊而我独清”的自由。

思绪未定，渐渐困倦起来，他将布帘放下，在马车中斜靠着合眼睡下。昏昏沉沉的，睡不踏实，也不知过了多久，马车突然震了震，停了下来。嵇康在马车里晃了一下，就听见外面喧哗了起来，一时间吵吵嚷嚷，他本要下马车看看情形，转念一想，若是有事，驾车的长随自会来询问，便拿起适才扔到一边的书卷，闲闲瞥着。不一会儿，车外果然一人问道：“公子，前面的官道好像堵了，咱们绕路吗？”

嵇康淡淡问道：“怎么堵了，打听了吗？”

那长随回道：“说是押运缉拿到的军户逃兵，连着家属一并拿了都要处死弃市，因此还有一队老弱妇孺，行的慢，便把官道堵了。”

原来有魏一代，为确保兵员，朝廷专门建立士家制度，为士兵专门设的叫做军户，凡入军户者，终身为军户，子女亦是“士息”、“士女”，士息需世袭为兵士，士女需配嫁其他军户，这军户人家出身的子弟只能当兵，不能入仕途，更有“重士亡法，罪及妻子”之规，若有兵将出逃，全家问罪。现在这官道上堵着的，这是押运拿获的逃兵及家人的队伍。

嵇康正要答话，忽听车外一个年轻女子的声音飘了过来：“逃兵拿了就罢了，这么多妇人孩子，抓了杀了有什么用啊。真是莫名其妙。”这声音并不十分清脆，略有些低沉，幸好也不沙哑，气息均匀，音色浑圆，咬字甚是清楚，一个字一个字吐出来，像蹦豆子一般。语气中略带着几分娇憨，几分狂傲。

嵇康向来是喜好音乐之人，对日常生活中的种种声音都时常留意，现下听这女子音色特别，说话又有些犯讳，不由自主凝神接着听了起来。

接着却不是那年轻女子的声音了，而是一个老妇：“怎的出来了！亭主快进轿子，别着了风寒！老奴去问问！”

那女子的声音又传了过来：“我自己看看去吧，不会有什么事儿的。好好的抓这许多人，也没人求个情么，依我看这律法早该改掉。”声音却比方才模糊了些，似乎是正在往远处走。

老妇人越发焦急了，声音反倒高了起来：“亭主！您这是要老奴的命啊！王爷说了……”

嵇康正听着那老妇人说话，马车外长随恰巧又问了一句：“公子，咱们绕路么？”他匆忙答道：“等那队伍过去吧，不忙。”再凝神听马车外面动静，只听那老妇人道：“要老奴怎么交代啊！”

半晌听不见那女子答话，嵇康正犹豫要不要掀开帘子瞧瞧，那老妇人的声音再次响起：“这才好。咱们这就绕路过去吧，再等片刻，怕是天色就晚了。”看来那年轻女子已经回到了轿子中。

嵇康将一侧窗口的布帘揭开小缝，向外看去，只见停在自己马车旁边，有一顶四人抬的灰色小轿，四面遮挡得严严实实，根本看不见轿中人什么模样。轿夫却都兵士装扮，系着腰刀，显然不是寻常脚力。一老妇人在轿旁，神情严肃，身着藕色绸衫，头发都仔细拢起，一丝乱发都没有。

那老妇人指挥着起了轿，一行人绕开官道去了。显然那轿中人甚是轻盈，四人小轿行得甚快，老妇人脚程也不慢，一行人片刻便去得远了。

那一行人既已走远，嵇康当下也不再留意，坐回马车里，安心只等官道通畅。他前些日子恰好抄了当世名家何晏的新作回来，一直不曾得闲，正好此时取出来仔细瞧了瞧。

何晏，对于嵇康来说，是个难以评判的人。难以评判，在于他的相对复杂。一方面，他推崇任教自然，创立清谈之风，还引领了“食散”之气。也算是魏晋玄学的创始人之一。加之何晏的俊美，在当时的名士之中，影响力可谓颇大。可另一方面，他又不由自主，被当权者步步拉到自己的身边，逐渐为当权者所用，因而也与一批名士渐行渐远。

而他的文章，却总是能引起注意。嵇康此刻也算是其关注者了。

对于这当世名家，虽说是前辈，嵇康看这些人的文章时，心底总是暗暗与自己比较，总有些自负不服之意，心中想着，自己只是年纪尚轻，名声未就，假以时日必将……再多的他便不想了。

等了大约有一个时辰，马车一颠，行了起来，车外长随喊着：“公子，道路通畅了！”

嵇康正看着何晏的一篇文章，隐约记得自己答应了长随一声，也不知声音发出去没有。马车又不知行了多久，天色渐渐晚了，两人加紧赶路，终于在入夜前赶到了一处驿馆，安顿下来。

那驿承见嵇康本身并无功名在身，只是有其父

兄的荫蔽，虽是士族的公子，这样的公子他却见得多了，未必个个都能入了仕，便只当嵇康也是个想去山阳混一番前途的没落贵族，并未怎么在意这个年轻人，神色冷冷淡淡，引了两人住进一间厢房，也不招呼食饭，转身便走了。

长随十分不满，追出去理论，嵇康却不在意，只是一笑，将行李略略归置一番，取了琴出来，正随手拨弄，长随已打了水进来，口中兀自对那驿承骂骂咧咧。片刻又转了出去，想是自行去后厨生火做饭去了。

嵇康也不想在房中等着，抱了琴，进到院中，倒是一处不小的院落，稀稀疏疏几间屋子，余下便全是草木。他见院落最深处墙边一张石桌，两个石凳，抱着琴走了过去，将琴放在石桌上，坐了下来。

他的手指放在琴上，一时脑中却一片空白，许久，指尖才一动，拨了几个音出来，显然是不成曲调。再动，几个音跳出来，还是不成曲调。当下他莫名烦躁起来，右手猛地一拨，“嘶”的一声七弦同响，极难听的杂音穿透寂静的夜空，如同裂帛，将他自己都吓了一跳。

紧接着，他听见不远处的花墙之后有人冷冷地“哼”了一声。

嵇康一怔，他从出发到住进这驿馆，始终有些莫名情绪，趁夜色对着琴，在此发泄，弹出这样的动静，当然不甚得体，虽说无伤大雅，到底是心中最压抑的情绪，本是私密之事，如此叫人发现，立刻有些恼羞成怒，又不便发作，也只是重重地“哼”了一声，以作回应。

他本待就此收了琴回房去，突然听见那人又开了口，声音却认得。

“哼，看见有人要月下弹琴，还当是遇见名士了，本以为跟过来听听，到时候喝个彩点评点评，还有个伯牙子期的意思，没想到啊……哼哼。”那声音慵慵懒懒，娇俏中还有几分不屑，正是白天官道上那女子的声音！

最后那两声“哼哼”让嵇康气不打一处来，也不答话，立刻坐了下来，凝神定气，只听“仙翁”，“仙翁”几声，琴弦已然拨动。

奏的是一曲《广陵散》。

这曲子，嵇康学得已有数年。这是杜夔的儿子杜猛教他弹的，从听到这首曲子那一天起，他便极其喜爱此曲，平日里，演奏的最多的也是这一首，不知有多少人，在听过他的弹奏之后，前来求教，但嵇康一概不予传授，或许他是觉得，这不是谁都有资格弹的曲子。或许，这是一支只适合他弹的曲子，虽然他也未必弹得好。但是，他懂《广陵散》，于是他有点不客气地将其霸占了。

此曲讲的是聂政刺韩王的故事，战国时代铸剑工匠之子聂政，为报杀父之仇，刺死韩王，然后悲

壮自杀，曲中有“刺韩”、“冲冠”、“发怒”、“报剑”等内容，“开指”、“小序”、“大序”、“正声”、“乱声”、“后序”交织。旋律慷慨激昂，暗藏杀伐之意。

琴声一起，他自己缓缓平静了，整个人很快便融进了曲子中。开指、小序、大序，洋洋洒洒，先是冲淡平和，娓娓道来，待到入了正声主调，弦渐渐拨得急了，突地急挑了两段，杀伐之意初露端倪，便又转入轻拢慢捻，数段拨弄，正叫人心中急切烦躁起来，忽又慢了下来。

一时之间，幽怨舒缓，如泣如诉，琴音如同悬丝，细细拽将出来，仿佛有一人伏案于琴旁低声啜泣。只听得啜泣之声越来越紧，越来越高，终于化作怒吼，拔剑四顾，偏生还有几分压抑，只听得旁人心中暗暗作痛。嵇康指尖拨弦渐紧，琴音越发的密集浓烈，终于当心一挑，归于寂静。

嵇康双手犹自抚在琴上，四周万籁俱静。

他看着眼前的琴，突然记不起自己有多久没有把这首《广陵散》弹得这么细致传神了，立时，他心中满满的都是激动，爱琴之人，若是能把心中喜爱的曲子，弹出恰到好处的感觉，不知道有多欢喜。

他正欢喜着，花墙后那女子声音又起，却似当头泼了他一盆冷水。

只听那女子说道：“喏，这会儿听着是好些

了，好歹成曲了。不过啊，要我说，你若是要激昂便激昂，若要哀怨便哀怨吧，偏生激昂时压抑得吐不出气来，哀怨时又要笑出来似的，自己不觉得自相矛盾么？”

这几句话只气得嵇康差点喷出血来，他生平最是自负，自诩所长之事少有人能及，更是恼恨旁人指指点点，若有人当面说他文辞欠佳、琴音不妙，他常常是立刻拉下脸来。现下这女子所言，虽然他心底知道也有几分道理，恼羞成怒的程度，却越发厉害了，当下朗声道：“谁家女子，在此胡言乱语，你知这是什么曲子，便胡乱说这些话！”

那女子呵呵笑道：“什么曲子，我确实不知道，听得多了，也就敢说几句而已。你是个琴师么，叫什么名字？”语气里有些似有若无的贵气，虽是文雅，却似乎是颐指气使惯了。

嵇康冷冷一哼，却不言语。

“好啦，别恼，你告诉我么。”女子的声音娇憨了起来，腻腻的，软软的，像是咬着糖在说。“除非是你的名字不好听，才不告诉我。”

嵇康心下一软，只听到自己的声音不由自主地发出来：“谯郡，嵇叔夜。”

“呀，”花墙后似是有一声轻呼，“好似听过……”

嵇康正犹豫着要不要问问这女子是何许人士，便听那女子说道：“哦，记起来了，是个名士吧。

平时写写文章，弹弹琴，陶冶性情也就罢了，终究是没什么大用处的。”

嵇康眉毛一挑，说道：“姑娘好大的口气。”

“罢了，你是恼了。”那女子之前虽是出言不逊，声音却一直暖暖的，让嵇康听着如沐春风，现下不知怎的，声音里隐隐竟透着一丝寒意。“你们这些名士啊，清流啊，我见得多了，平日里只爱谈玄食散，什么老庄学问，说起来头头是道，一个个好似都要成仙了，到没见谁真成仙飞了去。”

听见这似是而非的话，嵇康心下只觉着别扭，他自诩清高，这小姑娘言下却十分不放在眼里，少年人赌气心性一起，当下答道：“玄理艰深，道法微妙，本就不是几个人聚在一起高谈阔论便能说得明白、解得清楚。琴瑟文章，皆能省身，我辈自是先省吾身，才能治世。”

他话音刚落，那女子反问道：“怎么？听你的意思，你要治世么？”

一句话犹如棒喝，问得嵇康立时呆了。

其实他一直并未想明白的便是这个。自幼读书，他常想自己能做什么。士族的子弟一生经营，都是为了入仕途，但是清流们又仿佛蔑视权贵，蔑视那些汲汲寻得功名之人。也许是这世道吧，多少年的离乱，坐在最高处的人你方唱罢我登场，人心都乱了，弄不清自己该做什么，能做什么。大哥是要治世的，所以谋了功名，他似乎也是要治世的，所以现在正要去山阳。

但他又为何独自在夜色里不成曲调呢？他不敢想。现在却被这个女子一句话问了出来。

嵇康呆立了许久，月已升了上来，他抬头看看月，月光氤氲。他再看看花墙，那边也已经寂静了许久。“你在吗？”他忍不住问道。

无人回答。

他走过去，绕过花墙，一个人都没有，那女子早已不知去了何处。

第二章 尝见此中人

稽康结识了山涛和千古第一"狂人"阮籍。自此，"竹林之游"渐渐拉开帷幕。这些乱世中的风云人物，也许，注定要在这乱世中相识。

正始五年，公元244年，"竹林之游"形成，逐渐，山阳和七位贤士名噪一时。

正是四月中，天高云淡，莺飞草长。微蓝的天上闲散地挂着几丝云彩，这时节，太阳也还不是最毒辣的，踏青的，赶路的，过往的行人都被阳光晒得暖暖的，懒懒的，走起路来，脸上都带了笑意。临近山阳城，官道上车马行人，渐渐多了起来。沿着路望过去，山阳的城门赫然在望。

从这里往南，至多一两个时辰，过了黄河，便是魏都洛阳。前朝献帝在山阳的浊鹿城，顶了个山阳公的名号，守望那个自己出生、长大、像傀儡一样生活、最终不得不狼狈离开再也回不去的地方，直到死去。

前朝落魄的皇帝最终怎样在这里度过自己最后的十五年，已经和山阳城里的任何人都毫不相干。现下，聚集在这里的是胸怀抱负而又囊中羞涩的志士，这些人有幸不是寒门出身，还有些余地对自己的未来增添几分幻想，却因家道中落无力经营，只得混迹于山阳，参与清谈，拜访名士，博得些许声名，自然有飞黄腾达的时日。

嵇康乘着的马车，在这山阳城下的官道之上，显得形单影只。往来的旁人莫不是三三两两结成车队，或是许多家人跟随着，沿途有说有笑，想来这旅程定然不会十分寂寞。却看嵇康这一乘，只一个长随赶着车，车里坐着的公子似乎是个不怎么爱说话的人，那长随一路旅途劳累，神情早已十分萎靡，此刻看见了山阳的城门，才略有些振奋起来，腾出一只手揉了揉眼，另一只手的鞭子举起，重重挥了一下。马儿吃痛，朝着城门奔得快了些。

马儿这一快，倒把车里坐着的嵇康颠了一下。他正垂着头，也不知是睡着了，还是正想着事情。

车一震动，他昂了昂首，掀开帘子向着车外看去，也瞧见了城门，淡然一笑，坐回了车中。

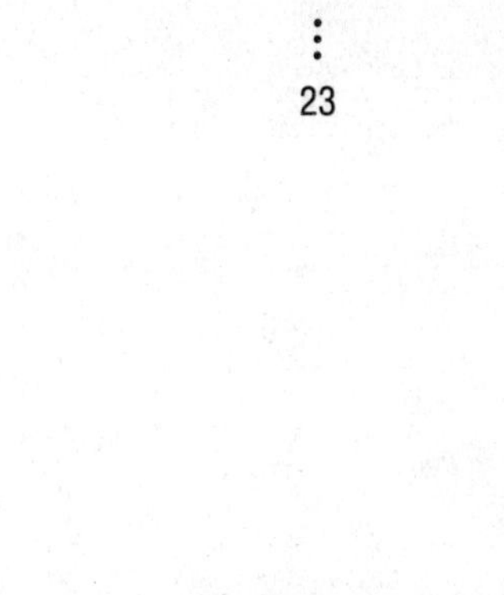

他闲坐无事，手指漫不经心地在空气中虚拨了几下，便又想起了昨夜那一位只闻其声不见其人的

女子。

若说嵇康对那女子有何想法，只能是“好奇”两字了。这女子，谈吐行事之间，显然不是普通人家出身，想来平日里是接触过不少名士的，而且对所谓名士，很有些不满。她那口气，一时颐指气使出言不逊，一时又娇憨可爱一派天真，实在是让嵇康摸不着头脑。两人这一番接触，将近半个多时辰，更多时候，是嵇康弹着琴，那女子听着，对话只是寥寥数语，也并未说什么要紧的言语，却让嵇康将那几句话在脑中萦绕了一夜。

事后他猜测过那女子的身份。白日里官道上，他听见有人叫她做“亭主”，在当是，公主是按封邑大小来分级的。从上到下，有郡公主、县公主、乡公主、亭公主。公主之制对应于同称号的男子爵位，则有郡公主对应方郡王，县公主对应方列侯，乡公主对应方乡侯，亭公主对应方亭侯。

自来的公主之制都是与封爵挂勾的，身份不同，爵位不同。自黄初三年起初制封王之庶子为乡公，嗣王之庶子为亭侯，公之庶子为亭伯。封王的女儿为乡主，嗣王的女儿为亭主。

所以她应该是宗室女，某个嗣王的女儿，只是不知是谁……

现在那些话的内容倒是已经无关紧要了，那女子俏生生软黏黏、却又带着寒意的声音，留下的印象更深刻了些。对那女子的相貌，他却没有多大兴趣，不见其人，只不过是有些怅然若失罢了。

他正想着，马车晃了晃，停了下来。车外长随说道：“公子，到了。”下得车来，眼前是一座宅子。

这是嵇康亡父嵇昭早年置下的产业，当年，嵇昭从曹操起兵讨董卓，积功至督军粮治书侍御史，可叹英年早逝，留下嵇家孤儿寡母，确是过了几年艰苦的日子。这嵇昭颇有先见之明，在山阳添置了宅院田产，便是眼前这宅子，他去世那年，嵇喜年纪尚幼，却也得过父亲的教诲。嵇康则不到一岁，对这位仅仅在母亲和兄长的描述中才会出现的长者毫无印象。

此刻下了马车，想起这是父亲留下的荫庇，他心中不免暗暗酸楚。

嵇康将这宅子略略扫了一眼。大门敞开着，木门显然饱经了风吹雨打，颜色黯淡。进到院中，院落不甚大，屋顶檐角的砖瓦边缘略有斑驳，间歇缠了少许藤蔓，不知道是不是管家年老，平日疏于打扫。整座宅子看着像是有些年头了，正如那正屋门前、毕恭毕敬立着的管家一样。倒是屋后的一片开阔地及旁边的竹林让嵇康心境豁然开朗了一下。

那老管家迎了上来，细细交待此处宅子的一应事宜，嵇康听着并不怎么耐烦，随意嗯哼几声，表示知道了。

他性情古怪，对不感兴趣的事情和人，从不多

加注意，也不勉强自己应酬，但要说他脾气不好，却也不是，身边的下人，少有见他发火暴怒的，多半是心里不高兴到极点了，也只是一言不发，只当对方不存在一般。于是他这性情温润一团和气的名声就传开了，只有少数熟得不能再熟的朋友，或者经年累月跟着他的人，才知道他不但有脾气，而且相当不小。

老管家嵇禄不明所以，已从宅里的大小仆从姓名，说到了田庄上的收成用度。若是嵇喜在这儿听着，只怕已经反过来细细询问了。偏生此刻在这儿听着的是嵇家的二公子嵇康，说他不通世事，也不是，大概是另有一套对世事的见解吧。比如此刻，他已进了嵇禄在他来山阳之前便为他打点好的厢房中，环顾一圈。房间很是宽敞，若有什么心事，在室内踱步是有足够的空间的。

屋中布置得倒是十分简约肃静，想来是嵇禄也打听过二公子的性情，古玩字画等器物俱无，这是他拿不准嵇康的喜好，不敢随意布置。他见嵇康环顾内室，连忙将自己的用意说了出来。

嵇康点点头，已将背上一直负着的长布包裹小心翼翼地取了下来，一层一层打开，露出他的那把古琴来。那边嵇康从老家带来的长随，已经在窗下的空闲角落将琴案布置妥当。

古琴端端正正放在了琴案上。

未来不知多少年，这是嵇康房间里惟一一件他自己添置的摆设。

在山阳的生活和嵇康想象中不太一样，并没有他预期的繁华，街上行人时常寥寥，尤其是午时，日头最烈的时辰，隔着空气看东西都有些变形，这个时候若是走在太阳底下，放眼望去是见不到什么人的，想问个路都不成。

他原以为山阳会处处能见到往来的车马，人头攒动。不料也就是比他的老家谯郡多了那么几个有身份的人物罢了。

入了夜，这里的人也没有什么秉烛夜游的兴致，街上的摊子往往都是早早便收了，刚能辨识第一颗星的时候，远远还能瞧见几个挑着担子慢慢往家中去的货郎，夜色稍微再深一点点，除了巡逻的军士，这时候最好就不要在外面走动了。

山阳，布防倒是没有放松，城外像是驻扎了什么人马，也许是前朝的废帝在这里了却残生的那几年被派遣过来的，也可能本就是与都城洛阳遥遥相望的。

气候也同他之前听说的不大一样，其实同他的老家并没有什么区别。最初的失望过后，他反应过来，这里毕竟不是江南吧，大哥之前形容给他听的好气候，本就不像是黄河边上，倒像是江南水乡。眼前这一片雄浑的葱茏，才是北方天子脚下可能拥有的。

尤其是出了山阳城门，往北去。

苏门山。

嵇康心底有个想法，也算是这一次他肯听了大哥的话来山阳的某个微不足道的原因。不知是从什么时候开始，街头巷尾说到苏门山，都是当做仙山的。对“苏门山上有神仙”这个说法，嵇康的兴趣，说不定比“山阳城中有名士”来的大。当然，这个想法他却不曾同大哥讲过。

他自幼爱读老庄，喜欢道学。对于人能不能成仙，他是疑惑的，骨子里可能不信的多些。对于这些神仙方士的轶闻，将信将疑之余，却比旁人更有兴趣一点，若有机缘，一定会接触接触。

这与其说他想要修仙，倒不如说是好奇心吧。除了好奇心之外，恐怕更多些的，就是他任由心性的性格之原因吧？

因此，刚一计划要去山阳，他已打定主意，第一个便要到苏门山上看看神仙是什么样子。

嵇康是少年人心性，骨子里有一股狂劲儿，有些念头怕是自己也按捺不住，心底那意思，说不定是想和“神仙”论论道，谈谈玄，把自己心里时常绕着的一些疑问和思考说出来，与“神仙”讨教讨教，要是能把“神仙”问得哑口无言了，说不定更妙。若真能叫他碰见，倒要和神仙好好聊聊。

二十年后嵇康想起来，也许会为自己当时的年少轻狂微讪。要是真的第一个便去了苏门山，说不定一切都会不同？

他第一个去的，是山涛府。

河内山涛，字巨源，一位出生在山阳的名士。

山涛很小就失去父亲，家贫，却有器量，且从不自卑自弃、怨天尤人，表现得卓然不群。他生性喜爱《老子》、《庄子》，常常有意掩盖自己的锋芒，不让人知。

他大概是目前山阳城里大大小小的名士中，对嵇康最感兴趣的人。

山氏在世家里是一个小姓，祖上也没有什么飞黄腾达的人物，到了山涛父亲这一辈，总算是出了仕，虽然只是小小的一个地方官，却也给儿孙辈舒展了人脉道路。

不过，毕竟只是小小的地方官。而且，这位父亲还早早去世了。

在山阳，山涛的地位，从这个方面来看，是有些尴尬的。同出身高的人来往，那些人对他并不十分亲近，但他好歹有些才学气度，为人又隐忍宽厚，时常与年轻的、有抱负的年轻寒门子弟往来，渐渐地，隐约成为年轻名士来到山阳最爱投奔的人物，这也算是个特别的名号吧。

总算是买山涛面子的人越来越多了。与他来往的人里，真正举足轻重的、有些力量的人，也越来越多了。

一到山阳，老管家嵇禄就知会嵇康。

“拜帖已经递到了山府，二公子准备准备，

等山府那边回了消息，说不定这几日就要去拜访了。”

“咦？何时递了拜帖，我才到山阳。”嵇康有点惊讶。

“估摸着二公子快到了，拜帖就递了，这是知道二公子还没动身的时候，大公子早早写信吩咐过的。”嵇禄面不改色。

直到坐在马车里往山涛府邸去的路上，嵇康还在赞叹大哥为自己费心。

他还有件事情不得不承认，山阳与自己家乡谯县还是不大一样的。坐在马车里从这一府到另一府，竟然还容得他想这么些事情。

果然是比小郡县大多了。

来到山阳第二件出乎嵇康意料的事情，是在山涛府上的见闻。他没有料到，山涛告诉他的日子，差不多有个小型的宴会在山府举办着。

在山府下车的时候，如他所料，山涛并没有出来迎接。两个门童引了他进去，既没有去正厅，也没有去会客的小厅，竟像是在往府后的偏厅走。嵇康暗暗留意到这个事儿，随即想，说不定这是山阳与谯郡待客不一样之处吧，自己要入乡随俗才好。

想着，已经听到偏厅有人扬声大笑，又有人附和着说了几句话，隔着墙没听清，只知道那人声音十分洪亮，又有人低沉闷笑了几声。声音很低，他这时候一只脚已经踏进了偏厅，否则一定是听不到那么低的笑声的。

厅里几个人或坐或立，见门童引了嵇康进来，神态、动作各一。

一个眸色黝黑的年轻男子交握着双手，暗红色的袍子有些发皱，衣服十分宽大，神色恍惚，在屋中来回行走。

他旁边是一个穿着白色绸衫的文士，坐在偏厅一侧，黑色短发垂在耳边，神情却是十分凝重，他面前放着一只酒盏，不过显然没怎么动过，满满的琥珀色液体仍然堆积在酒盏里。

靠角落的矮榻上，独自靠着的那个蓝色衣袍的文士，嵇康却认得他的声音，便是扬声大笑的那个人，此刻他先是上下打量嵇康，栗子色的胡须一颤一颤，仿佛在喃喃自语，又像是在思揣要不要站起身来。他的眸子兀地翻了上去，露出大片眼白，对着嵇康，几乎把门口这位年轻公子吓了一跳。嵇康随即镇定下来，当下也不再看这蓝袍子的文士，别开眼去。

入眼先是一张小案，立在小案前的，是一个年纪约莫四十的男子，长眉入鬓，眸色温润，似乎时时带着笑意，又像是没打算笑得多么用力，只是说话间捎带着笑了一笑而已。嵇康正进来时发出低沉笑声的便是这个人。

现下那人迎了过来。显而易见，他才是今天这个小规模聚会的东道。这个人一定就是山涛了——

山阳城最有可能接受自己拜帖、并让自己结识活动在这里的这些名士的人，嵇康猜想。

容不得他多想，他得在那人开口前先开口。

“在下谯郡嵇叔夜。”

简简单单，介绍了一下自己的姓名籍贯而已，让他说再多，不能了。

若是大哥嵇喜在一旁听见了自己弟弟这般自我介绍，又要为弟弟这不通世事的举动大皱眉头。嵇康年岁已然不小，但这等为人处世的关节却始终一窍不通，也让当哥哥的嵇喜操了不少的心。他早已觉察弟弟在人际上的淡然，多次嘱咐，仍是无可奈何。

不过看眼前这中年人，似乎对嵇康这不卑不亢，甚至有些淡然的态度十分满意，低沉的笑声再次响起。“久闻嵇叔夜的大名，都道是个俊朗洒脱的年轻人，果然名不虚传。”

话音未落，一人高声叫道：“巨源兄，又找了一起喝酒的小朋友么？”

嵇康循音看去，却是适才那翻着怪眼的蓝袍文士，赤足趺坐于榻上，正笑吟吟地看着他们这边。

还不等他开口，山涛已扭头喝道：“嗣宗！喝你的酒吧。这是我日前和你提过那个年轻人，谯郡的嵇叔夜，你不记得了？”

蓝袍文士怪笑一声，面前竟然不是酒盏，而是个酒壶。只见他擎起酒壶，一大口酒浆灌了下去，喉咙一动一动，多半是用吞的。

山涛扭回头，仍是那副淡然神色。嵇康却暗暗心惊，莫非这蓝袍文士竟是陈留的阮嗣宗不成？

果然听山涛道：“莫与他计较，此乃陈留阮嗣宗，最爱酒后忘形的人。”

山涛话音未落，那边的白衫文士已经笑道：“何止喝了酒，嗣宗兄哪个时候不是放浪形骸的？”

白衫文士语言显得有些轻佻，话音未落，已斜斜向蓝袍文士看去。那蓝袍文士急急吞了几口酒，却不答话，脸上只是冷笑。

嵇康也笑了几声。他知道这蓝袍子文士是何人了。阮籍阮嗣宗的大名他早有耳闻，此人乃是建安七子中的阮瑀之子，相貌堂堂，洒脱不羁，自幼博览群书，无所不通，八岁能文，十岁能琴，也是在音乐上十分有造诣，更听闻他还练武，能使一手好剑法。嵇康很早便曾有心拜会，却不想今日在这里遇到，虽是机缘巧合，却也更显出山巨源府上名客之多，非是虚言。

这阮籍近年来颇有文名，又是出身名门望族，却不知为何一直没有出仕。

这么一个允文允武的人，最有名的，竟是他的怪脾气。据说，他要是看不上什么人，是绝不正眼瞧他的，必然要把眼睛翻上去，给对方的白眼看看，而他能看中的人物，必然是少之又少。

想到这个，嵇康心里暗自发笑，只想，这个人岂不是整日里要翻着眼睛走路，也不知累不累。

心中这么想着，嵇康脸上已经带出了微笑的表情。

别看那阮籍翻着眼睛，竟也瞧得清清楚楚，当下便叫了出来："你笑什么。"

旁边的白衫文士见阮籍不搭理自己说话，却只是和刚进屋子的这个年轻人夹缠不清，心下不快，轻轻哼了一声，也不知有没有人听见。

山涛笑笑，像是也想掂量掂量，这年轻人对上阮籍，是哑口无言还是如何。

这一边，嵇康本没有笑出声来，一听阮籍喝问，反而失笑了一声，却不是冷笑了："我自笑我的，说不定是笑自己浪得虚名。"

阮籍的白眼突然对着嵇康放了下来，又是嵇康一进偏厅看见的那张脸了，说出话来，倒叫嵇康一愣："浪得虚名，倒是未必，觉得我浪得虚名，很有可能。"

哼了两声，"你那表情我偏偏认得，腹诽，哼哼，腹诽。"

"哦？我自己的表情，自己都不甚认得。"

"怎就认不得？"

"我只知自己心意如何，怎知每一番心意时是什么表情，又不是时时带着镜子？须知神色人人不同，同样的心情，换个人，就是别样的神情，每日里所见，都是旁人的神色，你怎知自己做了一番心意时是什么表情？阮先生不妨在方巾上缚个镜子，闲来无事就拽下来瞧瞧，要是心情有什么变化，也赶紧拽下来瞧瞧，说不定大有收获。”

这番话接近调侃了，阮籍却听得十分认真，双眼打量嵇康的时候，也十分认真。

嵇康还在侃侃而谈：“我知道你，陈留阮嗣宗，早先还读了你写的《乐论》，本就有些话想与你说，只不过现下不方便，改日倒要去拜访。”

阮籍一听，坐直了身子：“哦？是要专门去骂我？”

一旁的山涛莞尔：“嗣宗，骂你的人，又怎会专门去府上？”

阮籍立刻歪回去，拉上了脸：“怎么没有，越是要骂我，才越该去专程访我才对,不是去骂的，为何见我？”看了嵇康一眼，“你这小子，看了我的《乐论》，想去难我一难么？”

“不敢说难，疑惑确实不少。比如，阮兄大谈音乐的教化之功，移风易俗。我认为不然。”

阮籍面色一沉：“你且说说。”

嵇康一笑：“季札在鲁国采集诗歌，观察礼制，区别音乐之风雅，难道仅凭声音的特点来决断好坏吗？孔子闻韶乐，赞叹其风格规整、音韵谐美，又何必说是从中感知了虞舜的贤德，再来赞叹音乐的美呢？若是如君所言，音乐天然具有教化之

功，那么自上古三皇五帝所有贤君功勋德行，以及历朝历代的风俗盛衰变化，都可以用音乐来比拟。那么后世之人得了琴谱即能再现贤德之乐，若说是技巧不够，也不尽然，师襄、师涓的高超琴技，是能够代代传授的。假如真是这样的话，三皇五帝这样的贤君，在如今应该绵绵不绝，数量很多，为什么现在只有他们的几件轶事流传呢？”

阮籍不语了半晌，才盯着嵇康，说道：“那只是愚钝的人却不能体会。古人高山流水，亦是知音难觅，若有人闻其乐而不解其深意，由此看来，这是能力高低的问题。”

嵇康拊掌而笑：“这就是了，音乐发自人心，心中是什么，听了曲子，就是什么。都道知音难觅，只因同一曲，不同人听了，甚至不同心境听了，都大不一样，这音乐如何还能广为教化呢？依我看，音乐源自七音，七音同发，有何哀乐？这音乐，本身并无悲喜，根本只是人有悲喜，附着于音乐罢了。”

阮籍又怔了片刻，大叫道：“罢了，今日酒喝得不够，没心情与你辩！”当下又是擎起酒壶，大口灌了下去。

山涛在旁笑吟吟地瞧着两人辩驳，见阮籍喝酒去了，这才引得嵇康坐下，早有仆从倒了酒上来。

大家自然各自席地而坐。坐姿各不相同，正襟危坐也好，“箕踞”也罢，但都随意且自然。

只听山涛道："还有两个人要给你引荐，都是青年才俊，这一位是颍川的钟世季，已故钟太傅的少子。他可不一般，是洛阳这边数一数二的青年才俊，算起来比你还小着两岁呢。"

原来这白衫文士便是钟会。嵇康当然听说过这个人。此人的父亲是大名鼎鼎的书法大家、名士显贵钟繇，去世大约十余年了，这么一想，钟会与自己一般，都是自幼丧父，少年成名。

听说他亦是自幼才华横溢，上至皇帝、下至群臣，都对他非常赏识。钟繇曾带着两个儿子去见明帝曹叡，钟会的哥哥钟毓头一次见皇帝，吓得全身是汗，钟会年纪轻轻，只是四五岁大的小孩子，竟然从容得很。明帝问："钟毓，你怎么出了那么多汗？"其兄钟毓答道："皇上天威，臣战战兢兢，汗如雨下。"明帝竟然又去问幼年的钟会："你怎么不出汗呢？"这小孩子，学着他大哥的口气说："皇上天威，臣战战兢兢，汗不敢出。"逗得明帝大笑。但皆因自幼失父，二者所得却似乎不同。嵇康无人拘束，而更自由散淡，任由身心。钟会却更多了少年立业的老成，更多了年少出世的城府。

眼前这神情冷淡的男子，就是那个钟会了么？嵇康不禁多看了他几眼。

白衫文士向嵇康拱了拱手，却不像是很想和嵇康多说话的样子，大概是方才阮籍的事情让他心中不快，莫名地把账算在了嵇康头上。嵇康向来不怎

么介怀他人如何对待自已，也不以为意。

指着最靠近窗口位置、不停走来走去的年轻人，山涛继续说道："这一位是嗣宗的侄子，陈留阮仲容。"那红衣少年懒洋洋抬了抬眼睛，又懒洋洋垂了下去，只是在屋中行走不停。

嵇康心下明白，这人多半是服了散。

若说服散，确实是当下山阳最风行的，甚至是不止是山阳。

服散，服的是五石散，据说是医圣张仲景留下来的方子，服食之后，有飘飘欲仙之感，走起路来，几乎要踩到云里，长期服用，皮肤会变得极其滑嫩。种种情形加在一起一推测，这五石散，多半是可以让人成仙的。传闻张仲景本人，也是服了散登仙去了。

想要成仙当然不是易事，也不是随随便便什么人服了便能成仙。每次把五石散吃到肚子里，浑然欲仙的同时，几乎是要经历一番磨难，必须注意，非常麻烦，弄不到好就要走火入魔，一命呜呼。

头一桩是浑身燥热，让人恨不得走动不停。随后又是发冷，如坠冰窟，这时候却不能穿厚衣裳保暖，尤其不能穿浆洗过的衣服。因为衣服过厚过硬，往往会磨破了皮肤。听说长期服散的人，肌肤也会变得极其细嫩脆弱，"吹弹可破"。也不能食用热食，一定要薄衣寒食，说不定还要找些凉水浇在身上。

总而言之，就是寒衣、寒饮、寒食、寒卧，极寒益善。

不过，酒却是不能喝寒的，要温温地饮进去，最好是好酒，更加接近仙人的琼浆玉露一些，若是人间凡品这时候喝下肚中，只怕也是要走火入魔，正说明了服散之后，是仙非人。

不知这服散之风何时开始盛行，每每名士小聚，最后都是要服散。

所以，家财万贯的名士身著旧衣、满街乱走，在消息不闭塞的地方，已经不是什么奇闻异事了。

眼下这阮咸神情如此恍惚，又穿了宽大的旧袍子来，多半是服了散过来的，也多半一直走动着，此刻是软绵绵没有说话的气力了。

见嵇康留意阮咸，山涛笑道：“你别看他现在这个样子，平日是很能说会道的，”

一旁阮籍怪眼一翻，叫道：“傻小子想成仙，哪有那么容易！”

“何止不易，我看，根本不可能。”嵇康从容说道。此话一出，阮籍、山涛，甚至冷淡的钟会都看向他。

嵇康一笑，接着说道：“修仙之说，自古有之，但我还真不曾听说有什么我认识的人见到了神仙，也就是从典籍里看看，存在是一定的了。似乎是特别禀受了什么奇异之气，禀承天然，并不是通过长期的学习所能达到的。”

钟会坐直了身子，似乎很用心地听嵇康这番话。

“哦？你再说说。”阮籍挑眉。

只听嵇康道：“依我看来，要说修仙，还不如好好养生。心地清静，行动平和，去除私念，绝少贪欲。外界事物，因为能使心受害就不留存于心，神气因为情志淳朴恬静就特别饱满。胸怀开朗没有忧愁，心情平静没有杂念。用清静无为的养生之道持守真精，用调和天地之正气调养自己，日趋一日，就能同于自然。再服食灵芝一类的药物，延年益寿，可能是有的，成仙？”

他笑着摇摇头，“仙，成与不成，讲究的是机缘，我不信是人力可以修到的。”

钟会突然道：“依你这么说，旧史记载的修仙，都是骗人的了？”

嵇康看着他，反问道：“倒是要请教钟公子，记载的成仙的人多，还是平日里想要修仙的人多？”

“这……”钟会迟疑。

“不错，”嵇康紧接着，“但凡有点富贵闲情的人，少有不想修仙的，修仙者只怕成千上万了，但是成了仙的，我只听过东方曼倩、王子乔寥寥数人，要说他们修仙多有成效，我看未必，只是机缘罢了。可见，成仙讲究的是个机缘，我等凡人，调养身体，延年益寿就足够了，修仙嘛……”

他耸耸肩："不要想了。"

嵇康说这些的时候，也许他自己都没发现，他想起的，是官道上驿站里那女子的话。

那个脆生生的声音仿佛还在耳边——

"平日里只爱谈玄食散，什么老庄学问，说起来头头是道，一个个好似都要成仙了，到没见谁真成仙飞了去……"

这些日子，他总想着这段话，慢慢地，那惊世骇俗的言论以及想法似乎已经融进了他的骨血里、思想里，成了他自己的想法、他自己想说的话。所以才有了现在，自然而然，就说了出来。

听他说完这段话，钟会垂头不语，山涛含笑点头，阮咸依旧恍恍惚惚。

半晌，阮籍兀地拊掌大笑。"好，嵇叔夜。"他瞅着他，目光灼灼，"你很有意思。"

他侧头想了想，又强调了一下。

"很有意思。"

自那次相见，山涛、阮籍及嵇康为主导，竟开始了连续不断的互相往来。嵇康隐居的竹林一隅，也成了他们畅谈饮酒的好去处。

正始五年，也就是公元244年，对于嵇康一行人来说，一件大事发生了，即"竹林之游"。聚少成多，志同道合的一干朋友，清谈食散，放浪形骸，任性自然，但却成了山阳的一道风景线。

第三章 疏狂随我意

正始六年，公元245年，嵇康，二十三岁。

多少二十三岁的年轻人，还在不得志。这一年的嵇康，却写下了《养生论》，名动京城。

向秀作《难养生论》辩之。后来，他们成了最好的朋友。

嵇康看见那个女子的时候，他们两人隔着整条街。这种情形显然是不可能追上那姑娘的马车，问她认不认识自己的。

何况他也不确定一定便是那个女子。于是就这么眼睁睁瞧着她进了一处高门大院。他抬头看门上，却没有匾额。回了家后他不经意地问了问嵇禄，得知那处所在是沛王曹林别业的偏门。

沛王曹林，嵇康却是听过的，自己出生那年他封了谯王，封地恰好在嵇康的老家谯县，据说父亲嵇昭与他还有些往来。他封在谯县只有两年便迁走了，现在封在沛，但听说常住在洛阳。山阳这里的府邸是他的别业，他常在这里与府中的客卿宴饮游猎。

那女子这等气派，又进了沛王的别业。大概是个宗室女吧……嵇康心底隐约涌起些许复杂的想法，他没怎么弄清楚，索性不再想。何况也未必是她，几次相逢都不曾看见面孔，只听着声音，只怕哪天面对面坐着，不开口，他也是不敢认的。

何况，那女子，只怕早忘了驿站弹琴的人……

嵇康心里发苦。

所以他索性不想了。

大哥安排他来山阳拜访的人，他已拜访过了，嵇喜没有再安排别的什么，他乐得自在，过起了悠然的独居生活，整日里只是弹弹琴，看看书，偶尔得闲，还会再去拜访拜访山涛、阮籍等人，一来二去，彼此颇有些熟悉了。

这一日山涛来他家里。彼时两人已经十分熟悉了，山涛事先甚至没有通知他要过来，简直算是不速之客了。

嵇禄引了山涛走到嵇康平日作息的小书房时，嵇康正忙着修改前一天夜里匆匆写就的一篇文章，一抬头见是山涛，忙打了个招呼，叫了声巨源，又道："来得正好，正想把这篇文章送过去给你瞧

瞧。”

山涛走过去瞧嵇康写了些什么。纸上是细细的蝇头小楷，正文行间是密密麻麻的涂改，正看着，嵇康塞给他一支笔，他连忙推却。

“你的文章，我可改不了。”

这话听得嵇康心中十分受用，立刻微笑起来。

山涛已坐了下来，细细地看嵇康这一篇文章。原来却是《养生论》。

读罢，山涛不禁拍案叫好。

他猜想，这篇文章多半是嵇康那一日在自己府上侃侃而谈时候，心有所感，回来后写的。

那一日嵇康出语惊人，神风俊朗，所言颇有见地，不落俗套。没过几日，山阳乃至洛阳的文人权贵都听说，谯郡嵇叔夜来了山阳了，少年扬名，果然有些道理。

而且，第一个拜访的不是旁人，正是河内山巨源。

山涛要的就是这个效果。

他低头看着手中这篇文章。辞藻清丽，语句畅通，最要紧的是，见地不同反响，这年轻人眸子里的神色似乎就是在告诉别人，我不同凡响。

他早先只是看过几篇嵇康的散赋短诗，也只是赞叹年轻人有才情而已，再不然，就是听说嵇叔夜如何如何过目不忘，自幼就是神童。所以听说他要来山阳，便已下定了决心要结交一番，与之多多往来。

山涛要的是什么？不就是个往来多为名士这么个名声。

此刻看了这一篇《养生论》，他心中五味陈杂。

高兴的情绪多些，觉着自己果然没有错看这个年轻人，等到这篇文章流传出去，嵇康名声只怕还要更噪。

就连那个一向眼高于顶的阮嗣宗，见了这篇文章，都不能小看他了，这年轻人绝对当得上与自己和阮嗣宗平辈论交。与这些人往来的自己，名声想必也会水涨船高。

还有些复杂的小情绪。山涛揣摩了一下，很羞赧地悄悄对自己承认，只怕是嫉妒。

这样的文章，他自己是写不出来的。

嵇康在一旁可不知道，山涛坐下看文章的这一会儿工夫，脑子里已经转了这许多情绪。在他看来，山涛脸上根本就没什么表情变化。当然，这也是山涛的城府，嵇康却不明白了。

他心里只是考虑了文章而已。

嵇康是自负的，他把文章给山涛看，就说明这一篇已经成了，压根就没想到会有什么人看了不赞赏的。

一向不就如此么，自己的诗文辞赋，浩浩汤汤写成，看了的没有不先惊叹，后夸赞的。就算现

在，面前捧着他文章看的人是大名鼎鼎的河内山巨源，情况也不会有变化。这算是嵇康性情里最不为人知的一面吧。他最是听不得、见不得有人不欣赏他的文才。

他盯着山涛看，见山涛先是没有表情，随后眸色深沉了些，瞳仁收紧，片刻之后神情又放松下来，眼底浮起了赞赏之色，吁了口气，低声道：“好。”

歪头想想，似乎是嫌一个好字不够，又重重地道：“真好，这么一篇文章，亏得你，怎么写出来的！”

这样的反应嵇康很满意，笑道：“文中所谈，早就在脑子里转了，一直只是个想法，这些天闲着没事，索性成文。这些日子得以同巨源兄、嗣宗兄往来，正好写出来与两位讨教。”

“讨教？嗨。”山涛摇摇头。“嗣宗看了说不定能评议一番，我只赞叹便成了。‘导养得理，以尽性命’这几个字，用得真妙……你这篇《养生论》，确实是特别，有条有理，言之凿凿，与寻常文章大不相同，我竟没有见过这样下笔的好文，只有赞叹的分儿了。”

他说的是只有赞叹的分儿，其实按捺不住，早已品评了一番。

又道：“‘知名位之伤德，故忽而不营，非欲而强禁也；识厚味之害性，故弃而弗顾，非贪而后抑也’，这话不假，可人生在世，要想做到如此境界，谈何容易呀。”

说罢，神情有片刻的飘忽，若有所思。

这天山涛离开嵇康家的时候，抄录了一份《养生论》。至于山涛回去，又给多少人看过，嵇康就不清楚了，不过，很快的，住在山阳、且但凡对文字有些兴趣的人，似乎都看过了，也都赞叹不已，引起一片惊呼，一时之间，山阳没有不打听这个从偏远郡县迁至此处的年轻人的。

其实真正要众人留意嵇康的，还是他与山涛、阮籍等人的交情。

这时节，山、阮二人的名头虽及不上何晏夏侯玄一干人等，到底也是名士，嵇康与他们结交，自然也被格外留意。

文章不知被抄录了多少份，甚至传到了离山阳不远的都城洛阳。一些朝廷大员、文人雅士的案头，也出现了一份开头撰着“养生论”三个大字的文稿。这些对嵇康的未来举足轻重的达官贵人中，包括侍中何晏、太常夏侯玄、沛王曹林、大将军司马懿这样的人物。

不过，这时候的他们，看着这样一篇文章，未必都是赞叹的。少年成名，神采飞扬的嵇康，文字之间的力量，太张扬。同时，嵇康清高自负的性格，他们也是有所耳闻的。

侍中何晏或是太常夏侯玄这样的人物，都是辅

政大将军曹爽扶植的亲信、正始年间最最有名的名士，一个个，性情乖张，风流自诩，又博古通今，文采斐然，时常品酒论道，宴饮谈玄，身居高贵却却做出一副蔑视权贵的样子，在文人中，影响力不可说是不大。

真的蔑视权贵么？不过是代表了曹爽一派，“蔑视”与曹爽分庭抗礼的太傅司马懿一派罢了……

这样的人物，手中拈着《养生论》的时候，心情是比较复杂的。作为正在声名大噪的名士，看到一篇才华横溢的妙文，几乎要超过自己，偏偏又出自一个年轻人之手。赞叹、欣赏有之；嫉妒、打压之心亦有之。只不过，像他们这等身份，自然不能让旁人看出嫉妒后辈文名的迹象，当然也不能昧着良心说不好，最多是不予置评。

但是嵇康这样的声名鹊起，后辈学生与他们交游，难免谈到。这时候，只能说一句，确实是不错。再多夸奖什么，多半是不可能了。说不定还会非议一下，说嵇康这《养生论》的观点有失偏颇。

不过这就够了。

对于这时候的嵇康，让更多的人知道他，比让更多的人夸赞他更要紧些，只要不是群起而攻之就足够了。

正坐在洛阳沛王府花厅中大笑的沛王曹林，却没有这种文人相轻的问题。他反复看着《养生论》，只是叫好。

说起来，在王爷当中，曹林的辈分算高的，他是曹操的侧室杜夫人生的儿子。可惜他那位伟大的父亲，儿子实在太多了，优秀的儿子也实在太多了，一不小心忘记一个两个，也是常有的事。

所以，既没有出色的文采，也不怎么会经世治国的曹林，就成了被曹操忘记得差不多的那个，一辈子过得平平安安、悠悠闲闲，是个没有权势、只有家世的逍遥王爷。

当然，贵为郡王，曹林也是经常要和当世的文士名流交往的，常住在他府中有大批的客卿，都是谈玄论道的能手，曹林素日喜欢与这些人游山玩水，讨论一番天地如何广阔，禽鸟如何自由的问题，有时候还喜欢听些历史掌故。

京都里的新鲜事，他也知道得颇不少。

曹林晃着手中的文稿叫好时，下首座上一干客卿立刻也附和着，这个说，嵇叔夜出语惊人，那个说，《养生论》文字清奇。曹林只是笑吟吟地听着，随手把文稿递给一个侍女。

“拿给璺儿看看。”

侍女接过文稿退了下去。

曹林扭头又道：“文字如何，自然不必说，关键是这养生，正合了孤王的心意。自从到了这不惑之年，自觉不能和年轻时候一般了，行猎出游，精力大不如前，前几日宴请散骑常侍，多喝了几口

酒，到现在胸口还有些闷，那嵇叔夜写得明明白白，‘识厚味之害性，故弃而弗顾，非贪而后抑也’，这可不是说我么，哈哈，哈哈。”

众客卿急忙陪笑，又纷纷说王爷决计不老，分明正当壮年。

正说笑间，方才下去的侍女捧着文稿转了回来，恭恭敬敬呈给曹林，回道：“王爷，亭主说她不喜欢。”

曹林一怔：“为何？”

“亭主说了，她认识这人，年纪轻轻，又没学过医术，不知怎么好端端写起养生来了。”

曹林失笑，把文稿掷了回去：“给亭主拿回去，让她再看看。”

又道：“只管看文章好坏。”

侍女答应一声，再次退了下去。满屋的客卿见是王爷父女有争执，不明所以，一时都不敢说话。

却见曹林半扬起头，脸上是回忆的表情，喃喃说道：“嵇叔夜……我倒认得他父亲，那时候他还是个婴儿呢，现在大概二十多岁了吧，早听说他天资聪慧，过目不忘，还是个少有的美男子，想不到现在到了山阳，还如此年少有为，改日倒要见见。”

座下众客卿连忙附和，评议起嵇康，都道他远迈不群，天质自然。说话间，那侍女再次转回了厅里。

曹林见她进来，挑了挑眉毛，那侍女便上前回道：“亭主这次说，文章本身或许是很好的，只是一想到写文章的人，就觉着矛盾得很，尤其是‘知名位之伤德，故忽而不营，非欲而强禁也’这一句。”

“哦？璺儿怎么说？”

“亭主说，她要是见到那个嵇叔夜，定要问上一问，‘来山阳做什么的，写了好文章四处传抄又是为何？真要是‘忽而不营’，怎又经营出来这般大的……名声’？”

那侍女说着，想起方才亭主看文章的神情，竟是掩口而笑。王爷叫侍女去问的，是他最小的女儿曹璺，封号长乐亭主。王爷一向是宠爱小女儿长乐亭主，教养起来竟不像是教女儿，倒把这个亭公主养得既不似飞扬跋扈的任性丫头，也不似端庄娴静的大家闺秀，倒像是个世子。

曹林也听得哭笑不得。

那是个从小就冰雪聪明的女孩子，乖巧机灵，对身边的一切都充满热情。她的聪明，却不是寻常用来形容女孩子有才情的聪明，不是那种才华横溢、弹琴赋诗的聪明。

她对人对事，见解独特，遇事思维缜密，有时候曹林遇到什么犹豫不决的事情，甚至回去向小女儿寻求建议。这一点从某种程度来说，如果是个儿子，说不定在他的教导之下，会是个很有政治头脑的世子。

他无数次叹息，这个小女儿若是个男子，袭了爵位出入朝廷，必定会有一番作为的。

可惜，作为曹家的女儿，一个有封邑的亭公主，她只需弹弹琴，吟吟诗，玩赏花鸟即可。到年龄了寻个合适的夫婿，嫁了便是。

“嫁人？”长乐亭主曹璺每每听父王提到这两个字，两道好看的眉毛便会紧紧搅在一起。

“现在的局势啊……父王您也是知道的……宗室的女子，不出嫁还好些，待在娘家供着，好歹是个公主，有几天好日子过，出嫁了，夫家万一选的不对，只怕很少会有好结果的，还会连累父王呢。可是谁知道选谁又是对呢？这局势，瞬息万变的……”

曹林当然明白女儿是什么意思。但是难道真的不嫁了么？自然不可能。

“也许……也许……”

有些念头在曹林心里转了好几年了。女儿明年就及笄，定亲的事情，迫在眉睫。他不一定……或者说一定不需要找个有权有势、门当户对的女婿。权势，他自己有的是，逍遥王爷当得很开心，也不需要亲家帮衬什么，连他自己都需要明哲保身的年代，站得越高，说不定跌得越惨。

他要找一个可以让他最疼爱的小女儿一生平安的人……这个人，最好背景不要太复杂，出身不要太敏感，最好是同各方面的势力都没有利害关系。当然，名望是必须有的，也不能当真出身寒门。

这样的人恐怕不太好找。

能好找么？这么自相矛盾的条件。

不过现在，情况似乎有些变化了。曹林笑吟吟地看着被女儿第二次退回来的《养生论》文稿。

改日一定要见见这个叫嵇康的年轻人！

一定要见见这个叫嵇康的人！

同一时刻，另一个人也是这么想的。而且他立刻付诸了行动，当日便打包了行李，带着自己的一篇文稿，驱车来到了山阳。

嵇康恰好在家。实际上，这几个月来，他大部分时候都在家里。

自从他写的《养生论》、《游山九吟》等文稿流传出去，莫名其妙跑来找他的人，就越来越多。

有时候自我审视一下，他也觉得自己很奇怪。写出来的文章，既然没有烧掉，而是流传出去，不就是为了给人看、给人赏识的么？为什么声名鹊起之后，看见那些要聘他做客卿的达官显贵，他却越来越烦躁？来山阳不就是为了这个么？或者大哥嵇喜听说了会比他高兴吧。

还有许多沽名钓誉的后学，跑来指手画脚。嵇康在某些方面的性情虽然乖张，其实只是孤傲了些，待人接物上，其实是一向好脾气，从小到大就

没怎么和人发火争执过，遇见事情不遂心，最多就是一概不理而已。到后来，他不耐烦起来，索性让嵇禄张罗了一套打铁的工具，每每有人来访，便在院子里埋头打铁，直耗到来人悻悻而去。

他怎么也没有料到，这反而让他的名声更盛。大家仿佛认为，真的名士，就该如此行事。任性自然，洒脱不羁。

一个匆匆赶路来到嵇康家讨教的年轻人——河内向秀，看到的就是这么一个场面：

一个不大的院落，一株两人合抱的大柳树，树下一位身形颀长，丰神俊朗的年轻男子，眉宇之间神采飞扬，眸色却又温润如玉，仅穿着薄衫，隔着衫子，他结实的肌肉随着他的每一个动作贲起，因为他正在……

打铁?

不错，正是打铁。

向秀站在旁边看了一会儿，终于忍不住轻咳了一声，想引起嵇康的注意。打铁就打铁吧，他想，谁说会写文章的人不许打铁来着？谁说美男子不许打铁来着?

其实嵇康也看到了他。而且，正在猜测这个年轻人的身份。

嵇康不大，仅仅是二十出头吧，不过，眼前这个一脸诚恳的年轻人看着似乎比自己还小，神色中还带着稚气，有着些许忐忑，些许期待，手中还紧紧攥着一摞文稿。是来讨教的吧……嵇康想。

但他没有停止打铁，没有去主动招呼这个年轻人。嵇康并非多么不近人情，只是现在的他，也没有想好该怎么面对自己越来越盛的声名。他不太清楚自己想要的究竟是什么，《养生论》一写，他想着，似乎该去隐居的才对，但是还有一种叫理想的东西拽着他，不让他去。

而且，理想啊……

来山阳这几个月，他也不似在谯郡时那般懵懂。山阳，乃至洛阳，很多有关理想、有关仕途的事情，或许不像他当初在老家的小酒馆里想得那么简单。这方面，大哥一定比他更适合。

嵇康继续打着铁，一旁的向秀——就像他的名字那样，是个秀气至极的少年——窘迫地眨了眨眼，突然开了口。

“若夫节哀乐、和喜怒、适饮食、调寒暑，亦人之所修也，至于绝五谷、去滋味、寡情欲、抑富贵，则未之敢许也。何以言之？”

嵇康猛地抬起头，手中打铁的动作已然停了。他看着向秀。

向秀兀自说道：“人含五行而生，口思五味，目思五色，感而思室，饥而求食，自然之理也，但当节之以礼耳。

“今五色虽陈，目不敢视，五味虽存，口不得尝，以言争而获胜则可焉，有芍药为荼蓼、西施为

媟母，忽而不欲哉！苟心识可欲、而不得从，性气困于防闲，情志郁而不通，而言养之以和，未之闻之也。”

嵇康看着他，终于开了口，一字一句说道：“这是你写的？”

向秀点头，手中的文稿忙不迭递了过去。嵇康垂首一看，端端正正的清秀字迹，最上头赫然写着——

难嵇叔夜养生论

第四章 玄语酬知音

正始七年，公元246年，嵇康已然二十四岁了。傲骨，疏狂。

钟会想结交嵇康，他轻衣肥乘，率众而往，遇到嵇康与向秀在树荫下锻铁，见到钟会前来，也不予理睬，只是与向秀一边高谈阔论一边打铁。等候很久也没有回音后，钟会准备离开。嵇康却开口问：“何所闻而来，何所见而去？”钟会回答：“闻所闻而来，见所见而去。”两人从此结下仇隙。

“晚生是怀县向秀，字子期，今日来得冒昧……”

向秀，就像他的名字一样，是个十分秀气的少年，连声音都秀气得很，不过说起话来，倒能听出来多半是个坚持己见、很有想法的人，这方面，一

点也不“秀气”。

“不冒昧，”嵇康一边专注地看着《难嵇叔夜养生论》，一边回答。“你若是写了这一篇，却不来找我，只是自己传抄了出去……”

嵇康没往下说，他继续低下头逐字逐句地看过去：

“若夫节哀乐、和喜怒、适饮食、调寒暑，亦人之所修也，至于绝五谷、去滋味、寡情欲、抑富贵，则未之敢许也。何以言之？”

抬头道：“正是因为难，否则，岂不人人都能坐享高寿？就是因为未之敢许，才要专门养生。”

向秀笑得很斯文：“这我明白，这是阁下……”

“唤我叔夜即可。”

“这……叔夜兄，小弟恭敬不如从命了。”

见向来以恃才孤傲闻名的嵇叔夜似乎很重视自己这篇《难嵇叔夜养生论》，又很瞧得起自己，向秀激动得声音都有些抖了：“自从看了叔夜兄这一篇《养生论》，小弟左思右想，这五个疑难，都非要问一问不可，倒不是小弟完全不同意你的论调，只是，这五个难点不解，文章追究起来，总有缺憾。”

嵇康眨了眨眼睛，示意他说下去。

“人受形于造化，与万物并存，有生之最灵者也。异于草木：草木不能避风雨而辞斤斧；殊于鸟兽：鸟兽不能远网罗而逃寒暑。有动以接物，有智以自辅，此有心之益，有智之功也。若闭而默之，则与无智同，何贵于有智哉！有生则有情，称情则自然。若绝而外之，则与无生同，何贵于有生哉！”向秀顿了一顿，接着说道，“这便是我的第一难，人既然已经区别于万物，又真的能抛掉那些区别，让自己同与万物么？”

嵇康答道：“若说到有心之益，有智之功，至多不过是益生厚身罢了，也只不过是比草木鸟兽，多了些保住性命的脑筋。但是，人有心智，就会有欲望，得到一些，往往会想得到更多，若是得不到，就心里发苦，愁闷难解，神不清气不爽，久而久之，身体也会大受影响。至于那些用尽手段满足自己的欲望的，更是劳心劳力，妄自消耗心力。”

“嗜欲虽然是人的本性，在我看来，却是不好的本性，就像……”他随手一指院中那株大柳树，“你看这柳树，树上是有虫子的，是从这树自身长出来的，但你能说这虫子是好的么？这株柳树若想好好活下去，就得摆脱那虫子才行。你有没有听过一句话，‘乐莫大于无忧，富莫大于知足’？”

向秀微笑：“这便是我要说的第二难了。人生在世，嗜欲、好荣恶辱、好逸恶劳，皆生于自然。我也听过一句话，‘天地之大德曰生，圣人之大宝曰位’，以我之见，富贵是人之所欲。只要行得正坐得端，求之以道义。在上以不骄无患，持满以损

俭不溢，又怎能说伤德败身呢？如果说人的欲望有过错，招来祸端，因此恐惧而强迫自己不能求富贵，那不是因噎废食么？”

嵇康听着向秀侃侃而谈，心中飞速思索着应对方式，他自幼性子里有一种争强好胜的东西，与人辩论非要辩到赢不可，否则不知要生多久的闷气。何况此时，是向秀专程来“难”自己，那还不有全力以赴应对的？

因此，这厢向秀话音刚落，嵇康已迅速做出了回应：“话虽如此，却要请教，那些达官贵人，还有想要求得功名利禄之人，所作所为，若真能做到不欺暗室，说话做事有何必顾及他人的舆论，又为什么因为自己声名的毁誉而悲喜？想要争名逐利，又怕得不到，得到了又怕失去，患得患失，什么都能做得出来。况且，真要是富贵在身，在上何得不骄？持满何得不溢？求之何得不苟？得之何得不失邪？”

“这个……”向秀迟疑，“贵则人顺己以行义于下，富则所欲得以有财聚人。”

嵇康不以为然：“真要是行得正坐得端，必然是为世人所敬仰，一句话说出来，自然有人追随，他又何必再去争名逐利呢？”

向秀答道：“无端想要世人趋附，谈何容易，既然已经说到人人都有欲望，即使是圣人，空口白牙，也满足不了那许多人所需啊？人又不是只吃西北风就能活的……

“况且饮食男女，人之大欲也。须知人含五行而生，口思五味，目思五色，感而思室，饥而求食，这都是身体的本能，自然之理，只要恪守礼法，有所节制便可。现在你说，让人五色虽陈却不能视，五味虽存却不得尝，行事偏要违背人的本性，专门逆着自己的心意来！生而为人，总不能真是没两种欲望的吧？明明心里想要什么，又警告自己不能想，平白压抑自己，情志郁而不通，要是说这个能调心理气，我就不明白了。这是我的第三难。”

向秀说着的时候，嵇康已经边听边点头了，见他说这是第三难，忙道：“感而思室，饥而求食，自然之理，这个我也同意。不过我的文章里，也不是说让人不室不食，只是说要室食得理罢了。饮食男女，确实是人之大欲，但是你看现在的人，有多少是仅仅满足了最基本的欲望需求就知道停止、知道节制的？

“饿了就吃，只要不饿死，本该是吃什么都行，但是，但凡有一点能力的，莫不是追求山珍海味，为了贪图口腹之欲，变着花样琢磨饮食。人之本性，若能真的如鸟兽草木一般，完全只按着需要来，倒还好些，满足了，自己就会停下。偏生人是有心有智，有情有欲的，明明身体早就不需要了，心智还是会趋着自己继续追逐，这其实才是逆着人

的根本了。”

“嗜欲又如何？不嗜欲又能如何？”向秀神色中流露出不服之色，“我见你文章里说到，‘至于导养得理，以尽性命，上获千余岁，下可数百年，可有之耳’，这便是说，平心易气，是可能活到百岁千岁的。可是如果这么一说，应该有这样的人物吧？自尧舜至今，何曾见过这样的千岁人瑞？确实，有些有年齿的老人家，但生死有命，能活到什么年纪，更多是其人自身体质，未必是导养的功效，就像是树木当中，大多冬天会落叶，松柏却能长青一般，是松柏自身特点，却不是修炼之功。”

向秀说着，看了嵇康一眼，见嵇康全神贯注在听着，便接着说道：“若性命以巧拙为长短，则圣人穷理尽性，宜享遐期。而尧、舜、禹、汤、文、武、周、孔，有百岁人瑞，也有不到七十便过身的，难道也是疏于导养么？依我看，是天命有限，不能受外力影响的……”

还不等他说完，嵇康已开口道：“这却不然，你说没人见过千岁人瑞，我要问问你，你就算见到了千岁的人，从外形上怎么能看出来？只怕就算是街市上迎面走过来的是彭祖，看上去也只是个寻常人吧，又不会在脸上纹着自己的岁数？不是没人见过，只怕是寻常人见了也辨识不出。”

他这几乎有点近似于强词夺理了，偏生自有一番道理，向秀一时语塞，不知如何回答。

只听嵇康接着说道：“况且就算是圣人，性情也是各自大不相同的，自然与养生上，平日里调理不一，所谓天命，岂不是自身性情所致？”

向秀正要回答，二人忽听见前院一阵喧哗声，正在疑惑，只见嵇禄奔了进来，向嵇康道：“已故钟太傅的二公子要见您，老奴本说您有客人，请他略等一等，那钟公子不肯，车马已经到了前院，这便要进来了。”

向秀一听来人是已故钟太傅的二公子，略有些吃惊。钟会与山涛也是旧识，嵇康曾在山涛那里见过此人，却没什么交情，只听说，这钟会是最得朝中权贵赏识的，也着实出身名门，父亲是已故的太傅钟繇，当世大书法家，钟会承自父亲，也是写得一笔好字。

钟会的大哥钟毓，年纪轻轻已经做到了散骑常侍。现下钟会年方二十，想来出仕也就是这一两年的事情了，且必定是前途无量。当朝名士、太尉蒋济第一次见钟会，便说了“此子非常人也”。

没料到，这个人竟然也会主动来访嵇康……向秀不禁向嵇康看去，想瞧瞧他如何应对。

嵇康的反应，却极其出乎他的意料。

只见嵇康星眸微沉，耳中听着前院车马喧哗，竟转了身去，又执起了向秀刚来访时自己执着的铁锤，看得向秀哭笑不得，同时心底暗暗有些偷笑，原来这钟世季来见嵇康，得到的待遇也没有比自己

初来时好到哪里去。就不知接着会如何……

他退在一旁，等着看好戏。

“当”……“当”……“当”……

打铁的声音想起，回荡在院中，和前院种种动静融在了一起。伴着这个动静，钟会走了进来。嵇康犹自打铁，眉毛都没有动一下。

钟会这样的年少公子，何尝见过这种情形？

他从没料到，自己轻衣肥乘，率众亲来拜访一个穷乡僻壤来的低门小户之人，会受到这种待遇——主人对自己毫不理睬，在树下打铁！

但钟会并不是喜怒形于色之人，他几岁时便已被人瞩目的城府让他有着他人少有的沉稳。他也不说话，抱臂而立，默默看着嵇康打铁，他显得悠闲而且不屑，仿佛是要看看嵇康能冷落他到什么时候。

“当”……“当”……“当”……

“当”……“当”……“当”……

钟会来的时候，大柳树的影子还能帮他挡着些太阳，现在竟然等得，那片荫凉都跑到嵇康那边去了！

但他不是轻易放弃之人。他虽亦是年少轻狂，恃才傲物，但自有城府，与他心底的计较和打算比起来，轻狂和恃傲又都不算什么了，要知道，钟会的才名，除了书法文章，更多的得自于他的武功韬略，兵法奇谋，文人的清高，相对反而少了些。

虽然嵇康似乎仍然没有停下来的意思，但他咬了咬牙，仍是不肯离开。“倒要看看你嵇康能耗到什么时候。”他心里说。

嵇康心中也是暗笑：“倒要看看你钟会能耗到什么时候。”

向秀在一旁，初看着这当世年轻一辈齐名的两人对峙，还有些意思，眼下几乎要耗了一个时辰了，难免有些不耐。

“当”……“当”……“当”……

“当”……“当”……“当”……

“当”……“当”……“当”……

钟会觉着自己要被这打铁声逼得疯了，他也终于不耐烦起来，几乎要用全部的意志力控制着自己不去夺下那铁锤，用它敲破嵇康的脑袋。

几乎要到他的极限了。正在这时，嵇康突然开口说了话！

却不是对他说的。

“子期，你说的五难，不是才提到四难么？最后一难却是什么？”嵇康手中打铁未停，却向这柳树下闲闲无聊站着的向秀发问。

向秀一怔，看了门口已经等了一个时辰、面色越来越不善的钟会一眼，心中拿不定主意要不要得罪这个人。

但是他又看了一眼嵇康。

这个打铁的汉子、养生的行家、做赋的文人、

抚琴的高士，不过是二十岁出头，已如此的丰神俊朗，不攀权贵。自己如何能教他小瞧了？况且刚才，自己是来“难”他的，也只在树下略站，便得了他接待，可见，嵇康与人相交，更注重言语相投、精神合拍，若是觉得不投机，就算是权贵之人，他也不会勉强自己应付。

这种全然不肯钻营的性子，也许可以说是傻的。

但如今世上，能这样“傻”的人，难道不可贵么？世人贪权逐利，越来越崇尚会钻营、会应对的人物，竟已经到了见不得有人不肯依着钻营之术行事，见不得有人非要按自己本心做人的地步了么？

向秀看着嵇康，心中豪情顿生，他毕竟也是少年人心性，当下决定配合。

“唔，我这最后一难却是要问，人生的乐趣，恩爱相接、天理人伦、燕婉娱心、荣华悦志、服食滋味。这五种情绪都满足了，才能气理通畅，这是人之所宜、就算是三皇五帝来了，也改不了的东西。如今若是为了导养，禁欲去情，离亲弃欢，苦苦压制自己的本心，就像是想要凭着每日积攒的一点露珠，攒出一个大海了，这实在是有生之年不可能成功的事情。就算是用尽心力导养，有点收获，也只能自己一个人顾影自怜，与木石为邻，所谓，不生病也会身体越来越孱弱、没什么不开心事的也会越来越忧郁、没有服丧却吃得越来越少、没有违法几乎把自己囚禁了，日趋一日地虚弱下去。”他摇头，表示不赞同。“为了延年益寿，在导养上用了这般的苦心，也许不但收不到成效，反而早逝，这样的养生，又有什么好处呢？”

钟会其实也在用心听着。

《养生论》他看过，只是觉着好觉着妙，此刻听到向秀的“难”，想想恍然是有些道理，难以辩驳。他看向嵇康的眼光中有些幸灾乐祸的意思了，倒想听听他怎么回应。

嵇康却是久久不语，只有打铁的声音响着。

“当”……

向秀等着他的回答。

“当”……

“当”……

钟会越来越幸灾乐祸。这嵇康，看来是被问住了。

“当”……

“当”……

“当”……

和着打铁声，嵇康开了口：

“久愠闲居，谓之无欢，深恨无肴，谓之自愁。以酒色为供养，谓长生为无聊。奇事绝于所见，妙理断于常论。将获所欲，悦情注心，所欲既得，释然疏之。”

这不是寻常说话。口中所说，言辞井然，原

来他思索了片刻，将心中所想梳理一番，竟是出口成章。这一篇便是嵇叔夜的《答向子期难养生论》了。

“以和调为至乐，则荣华不足顾；以恬澹为至味，则酒色不足钦。”

打铁声还在继续。

“得意有地，俗之所乐，皆粪土耳，何足恋哉？不睹至乐之情，甘愿减年残生，且鲍肆自玩而贱兰茝，犹海鸟对太牢而长愁。”

他声调越提越高，和着打铁声，字字珠玑，语调铿锵。

“无主于内，借外物以乐之；外物虽丰，哀亦备矣。有主于中，以内乐外，虽无钟鼓，乐已具矣。”

“当”的一声大响之后，打铁声停了，嵇康长啸：

“顺天和以自然，以道德为师友，玩阴阳之变化，得长生之永久，任自然以托身，并天地而不朽！”

一时静谧。

关于养生之道的思考，嵇康却似还没说完。他看着向秀，继续说道：“养生有五难。追求名利之心不灭，这是第一难；喜怒无常的情绪不除，这是第二难；沉溺声色不离开，这是第三难；佳肴美味不绝于口，这是第四难；神气亏虚精气耗散，这是第五难。内心自有一个世界的人，能够自得其乐，才是真的拥有大快乐的人。这样的人又怎会拘泥于五情，劳心伤神？我所向往的养生至境、圣人至境，就是这样的境界。”

说罢，他唇畔挂着一抹微笑，继续打铁。

向秀和钟会已然呆了。他们知晓嵇康的才学，却没料到是这般的才学，这般的魄力。就连钟会，刚才的不满也不知跑到哪里去了。有的只是一种极其复杂的情绪。

有嫉妒、羡慕，还有景仰、佩服，有知晓自己比不上的伤感，还有……没有被这么一个人瞧得起的恼恨。

钟会五味杂陈之余，不禁失笑，这正应了嵇康的《养生论》吧，人是有情生物，但正因为有知觉，有心智，比起草木花鸟多了思索的能力，才自己招惹来种种烦扰……

可真的能像庄子所说的，绝圣弃智么？他摇头，不信。就连庄子自己，又真的能做到么？能做到的话，就不是人了。

想着这些，他缓缓转身，打算离去了。

不料这时却听见嵇康又开了口：“何所闻而来，何所见而去？”

他一怔，转头看嵇康，却发现嵇康正看着自己。这是今日自己前来，嵇康头一遭正眼看自己！

难道是在对我说话？

好像确实是在对我说话……

说受宠若惊绝对是夸张了，但惊喜、惊讶，还是有的。钟会怔怔想着嵇康的话，回道："闻所闻而来，见所见而去。"

说完这句，他转身跨出了院门，回府了。

过了好几个月之后，钟会又看到了一篇嵇康所做的文章抄录流传出来，叫做《答向子期难养生论》。那日听见嵇康即兴所做的文，略有改动，撰在文内。他将文章从头至尾细细看来，不禁叹服。

同这篇《答向子期难养生论》一同流传出去的还有向秀那一篇《难嵇叔夜养生论》，亦是匠心独运，与嵇康难分高下。向秀文中所言，"口思五味，目思五色"是"自然之理"、"天地之情"。言之凿凿，都是主张将"自然"与"本性"合一，倒也有一批人十分赞同，进而推崇向秀的文章。此时年仅十八岁的河内向秀，俨然也颇有一些文名了。

与嵇康相识的这几个月来，向秀是经常跑到嵇康家里住下的。对这位与自己相差四岁的才子，他十分倾慕。嵇康多了一个能够交谈辩论的朋友，亦是十分欣喜。两人时常聊着聊着天，不知道说起什么题目，就争论起来，争到后来又会相视一笑，都觉得心中酣畅淋漓。嵇康初来山阳时的困惑，有时似乎已经忘记了。

偶尔，他们会联袂跑去阮籍那里叨扰。直到这一年的七月。

七月，阮籍出仕了。此时是正始三年，阮籍已然三十三岁。

出仕的征兆，之前就有的。年初蒋济出任太尉，他听说阮籍志向高洁，才华出众，就向属下王默询问，王默自然早已听说阮籍的才能。于是蒋济点名要阮籍来自己的太尉府任职。

阮籍接到命令后的反应有些奇怪。

据说他先是发呆，又大醉了几日，最终提笔匆匆写就一封书信，亲自送到了洛阳城外的都亭，请都亭的官吏交给蒋济。

毕竟是太尉蒋济，他终究是谨慎的，没有胡乱差人送信。只是这封信的内容，确实逆着蒋济的心意来了。

蒋济拿到信，先是赞叹了一声阮籍好文采：

奏记诣蒋公

伏惟明公以含一之德，据上台之位，英豪翘首，俊贤抗足。开府之日，人人自以为掾属；辟书始下，而下走为首。昔子夏在于西河之上，而文侯拥彗；邹子处于黍谷之阴，而昭王陪乘。

夫布衣韦带之士，孤居特立，王公大人所以礼下之者，为道存也。今籍无邹、

卜之道，而有其陋，猥见采择，无以称当。方将耕于东皋之阳，输黍稷之余税。负薪疲病，足力不强，补吏之召，非所克堪。乞回谬恩，以光清举。

此信一多半的内容都在称赞蒋太尉如何如何德才兼备，自己如何如何景仰蒋太尉。溢美之辞洋溢地，几乎要吞没了阮籍真正想说的内容。

不过蒋济还是很有眼力地在信的末尾看到阮籍表示，自己既不是德高望重的人物，身体又不好，只怕会尸位素餐，也就能在家里种种地罢了，因此请蒋太尉谅解。

谅解他？他所列的种种理由，蒋济也得相信才成啊。这阮籍都亲自来都亭了，多半是嫌自己没有去接他，所以不肯来吧？

他连忙摆下车仗，派了好些人，浩浩荡荡出了洛阳门，去都亭接阮籍来自己府里。左等右等，派出去多少人，就回来了多少人，并没有多出一个来。

“怎么回事？”蒋太尉俨然已经有点生气了。

“那……那阮嗣宗已经回了陈留了……”

蒋太尉其人，虽说不是什么火爆脾气的人，也受不了这么被耍。他刚被人称作太尉不久，意气颇有些风发，神采颇有些飞扬，不料这一番礼贤下士的表演，当头被阮籍浇了这么一盆冷水，当下震怒。

不过，到底是名士，又是高官，高风亮节的样子总得做足，当下他狠狠看向王默，意思很明确——

这个人给我弄来！

王默必然惶恐，给阮籍的信也不知写了多厚，劝他前来任职。阮籍自己还没回到陈留的老家，王默的信就已经快马加鞭地送到了。于是阮籍进了家第一件事，就是一页一页看信。

最后还是山涛专程去找了阮籍，也不知说了什么。嵇康只知道，山涛从阮籍老家那里回来不久，他就听说，阮籍出仕了！

“你是劝嗣宗出仕么？”他跑去问山涛。

山涛深深看他一眼，没说话。

“唉……我明白，嗣宗心里其实很想一展抱负的。他已三十四岁，以他的名望，早该有这个机会。他写的《乐论》里，说得明明白白，应以礼乐教化天下，可见他早想周济天下……只是，嗣宗一向乖张，只怕俱祸……”嵇康十分为阮籍担忧，喃喃说道。

“这便是你不了解嗣宗的地方了。”山涛突然说道。“你与嗣宗相识也将近一年了，可曾听过他臧否人物？”

嵇康垂首，凝神想了想，恍然地一抬头。

山涛见他明白了，点头道：“不错。他虽是疏

狂，其实比谁都谨慎。”他顿了顿，继续道，“尤其是比起叔夜你啊。你还是年轻，不过……你这样子，多半是天性，就算不年轻了，到我这年纪，也是如此吧？哈哈。”

笑了几声，山涛扯开了话题，同嵇康讨论起阮籍去年写就的《乐论》了，只因为前几月，太常夏侯玄看了那篇文章，不知为何，竟然大是不满，多次在宴饮集会上专门提起来，抨击几句。到后来，专门写了篇《辩乐论》，针对阮籍文中的“律吕协则阴阳和，声音适则万物类”，大肆抨击。

向秀与嵇康也辩论，不过辩着辩着，成了好友。这夏侯玄与阮籍辩论，却好似越辩越有敌意了。

说是《乐论》，实际上，研究的是音乐与教化的关系，说到底，还是治国的问题。究竟治国是该遵循儒家、法家、道家哪一家的学说？按照阮籍的意思，他这时候还是主张儒教多些的，文中多是提倡礼乐教化的好处。多半是这一点，惹到了当朝名士夏侯玄。

曹爽辅政之初，曾以夏侯玄为首，开始了一番针对大魏朝制度的改革：第一条，整顿吏部，加强了吏部职权；再一条，精兵简政；最后，精简服制。头一个自然还要继续为了壮大曹大将军在朝中的势力。

后面两个，却是夏侯玄最崇尚的清静无为、小国寡民的玄理了。

夏侯玄确是最爱老庄玄学的，这才是争执的根本吧。否则，堂堂太常大人，好端端地，抨击一篇研究音乐的文章做什么？

“说起来，夏侯大人的观点，和嗣宗的观点，你支持哪个？”山涛问道。

嵇康摇头：“我另有想法。”

“哦？我记得了，第一次在我这儿遇见嗣宗时你曾提过，看了他的《乐论》有些想法，后来怎么再没听你提起？”

“那时候只是有些想法而已，还不完整，等什么时候再见到嗣宗，说不定会和他说说。”嵇康是这样说着，不过他心里以为，阮籍既然出了仕，整日跟随在太尉身边，再见到不知是什么年月的事情了。而且，对于阮籍出仕做官的行为，他心里多多少少也是有些顾虑的。

想不到仅仅是第二天，他还在家里抚琴呢，向秀便匆匆忙忙跑来了，一见他便拽着他起来，往门外走，口中还大声嚷嚷道：“你怎么还在这儿弹琴啊，嗣宗的事情你不知道么？快来快来！”

嵇康心中一紧，他始终担心阮籍会惹了什么事情，赶紧问道：“怎么了？”

“他辞官了，现在醉倒在黄公酒垆呢。”

听闻阮籍并未俱祸，嵇康放心了一些，不过随之而来的是浓浓的疑惑和担忧。他随着向秀匆匆来

到黄公酒垆。这是山阳城郊的一处小酒垆，是他们几人时常一同饮酒、一同论道的地方，阮籍最喜欢来这里喝酒。

这酒垆的老板娘十分貌美，阮籍每次喝醉，往往倒头就睡，初时，女人的丈夫还对他有一份疑心，后来发现这根本是个狂人，也不怎么招惹是非，不过是醉酒罢了，也就由着他。

此刻墙边醉得像一滩软泥一样的人正是阮籍。他昏昏然，晕晕然，口中竟然还吟着句子。

嵇康侧耳细听，原来阮籍正在吟诗，却不知是他辞官前就写了的，还是现在醉中做的了：

天地氤氲，元精代序。清阳曜灵，和风容与。

明日映天，甘露被宇。蓊郁高松，猗那长楚……

他吟着吟着，打了个酒嗝，又继续下去：

草虫哀鸣，鸧鹒振羽。感时兴思，企首延伫。

於赫帝朝，伊衡作辅。才非允文，器非经武。

适彼沅湘，托分渔父。优哉游哉！爰居爰处。

他的声音本是嘶哑低沉的，醉着，更是有些难听，但不知为何，听着阮籍半醉半醒的声音充斥在黄公酒垆里，甚至穿过屋顶墙壁，不知飘荡到了何处，嵇康心里有些说不出的滋味。

优哉游哉！爰居爰处。

第五章 竹深心自曲

还是在正始七年，公元246年。

终于成亲了，二十四岁的嵇康娶了沛穆王曹林的女儿，长乐亭主曹璺为妻。

自此，彻底卷入了政治斗争，再也脱身不得。

自那一次阮籍醉倒在黄公酒垆之后，嵇康听说他烂醉如泥的次数就越来越多了。

最夸张的一次，那个爽朗的男子醉了六十日。这一次，连山涛都急了，几乎要寻访名医来瞧瞧阮嗣宗是不是已然醉死。

到后来，阮籍总算是醒了。清醒后的他抱着琴，痴坐了数个时辰，最终一番挥洒，奏了一曲，这才彻底清醒过来。那半醉半醒的一曲，嵇康没能亲闻，只听说，闻者皆是如痴如醉。

次日午后嵇康去探望阮籍，原以为会见到的是一个神情萎靡、恍恍惚惚的老友，不料，虽不至于神采奕奕，但精神尚好。

阮籍正坐在书房，伏在案前写着几则四言，那日嵇康在黄公酒垆听见的那首赫然在列。嵇康略瞧了瞧，便走了开去，径自走到屋角琴案旁坐下，试了试琴音，抬头道：“有琴谱么？”

阮籍瞥了他一眼，掷了个小册子过去。

“这是何曲？”

“《酒狂》。”其实，嵇康对阮籍所作的这支曲子已经早有耳闻。只是阮籍通过曲子混沌的情态所要展示的不平之气，嵇康还未真的见识到。

“妙哉。”嵇康细细瞧了，谑道：“只是，看琴谱还是不如听琴曲好啊。”

“你那《广陵散》连谱子都不肯给我瞧，怎么说？”

嵇康一笑，不置可否。又道：“嗣宗兄，还是想听听你亲自弹。”

阮籍将笔纸推在一旁：“谱子都给你了，回去自己弹吧。”

“不成。这曲子，不是醉过六十天的人，决计拿不准这曲子的韵味。还得嗣宗你亲自奏来。”

“罢罢罢，我都醒了，再弹这曲子，也不是当时的感觉了。”

“这倒是……”嵇康沉吟。“不过总比没那样

醉过的人拿捏的更准吧。”

“那你也醉一次吧。我还不曾看你醉，巨源给我形容过，你道他怎么说吗？玉山将倾。”阮籍笑。“他说你醉如玉山将倾。我挺想瞧瞧，这样如何，你醉给我看，我给你弹《酒狂》。”

阮籍说话行事常常随兴所至，嵇康听他如此说，便道：“成，咱们这就去找巨源，共谋一醉。明日我酒醒，第一个就要听你弹琴。”

阮籍应了下来。

两人即刻动身出门，上了阮籍的牛车。

说来，这也是阮籍性子古怪的一例。旁人坐马车，他偏要坐牛车，山涛曾问过他为何，他说嫌马车太快。久而久之，熟识他的朋友也见怪不怪了。

牛车缓缓行进，不一会出了城，竟不知阮籍驾着牛车，想往何处去。嵇康也不问他，神色淡然，沿途看着风景。“悠哉游哉！爰居爰处。”此时，他就又想起了这两句诗。

“你道我为何醉了六十余日？”阮籍突然开了口。

“听说司马太傅遣了人来，要给孙子说媒。”嵇康想起向秀和自己提过。

“不错……”阮籍颔首，“我……不醉不行啊，醒着，就得表态，我只好醉了，他真有耐心，连着六十日派人来，我也只好醉了六十日……”

“就算你醉了六十日不回应，只怕该知道的

人，也全知道司马太傅有意与你结亲家了。”

阮籍叹了一声，又道：“听说那孩子叫做司马炎，人才却是不错的，同我小女儿年龄相当，未满二十，还没有取字，如果不是这个身份，说不定我是应允的。怎么会看上我家呢……陈留阮氏，确实是世家大族，不过我家这一脉，自先父去世之后，早不是当初的光景了，我虽有些名望，到底没官职在身，他司马氏想与阮家结亲，自该去图阮氏本家的势力，偏找我，他图什么？”

阮籍之父阮瑀，是建安七子之一，名号十分响亮。文帝曹丕、陈王曹植都与他交好。

尤其是曹丕，在阮瑀去世后亲自去到他家看望生前好友的遗孤，眼见着阮家孤儿寡母，伤心不能自已，还提笔写下一篇《寡妇赋》。

若不是曹丕驾崩时阮籍只有十六岁，多半这个故人之子的仕途会是很顺畅的。

“司马太傅……不是称病很久了？”嵇康疑惑。

“要论起声望、谋略手段，大将军远不是太傅的对手。”

阮籍所说的司马太傅，正是一度权倾朝野的司马懿。大将军，则是正在权倾朝野的曹爽。

正始元年，年仅八岁的太子即位，司马懿受命辅政。他是四朝元老，年高德劭，不免受到曹氏一族忌惮。同时辅政的还有大将军曹爽，正当盛年，

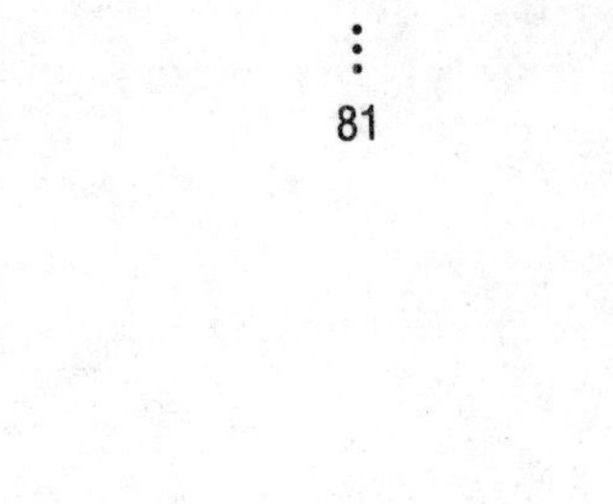

脾气急躁，迅速向司马懿发难，给皇帝上表，给司马懿加了一个“太傅”的官衔，职位是高了，实权却没了。曹爽趁机把总理朝政的大权抓到了手里。

大权到手，他立刻紧锣密鼓地提拔了一批名士，就是现在正把持朝政的夏侯玄、何晏、李胜、丁谧、邓飏、毕轨一干人等。

曹爽本人是个由性的人，他请来的那一批名士，也都与他意气相投。因连年的兵荒马乱，礼乐崩坏，这一批人，都是奉行老庄之道，反对以儒术治国的人。一时之间，玄风大盛，人人谈玄论道。

眼看朝中都是曹爽的势力，司马懿干脆避其锋芒，以六十岁高龄带兵出征，连年征战在外，前不久，才刚刚伐吴获胜归来。

也许当时，街头巷尾讨论起来，更在意的是太傅与大将军这一场遭遇，不知鹿死谁手，殊不知，千百年后更被人铭刻的，是正始年间这一场前无古人后无来者的、老庄思想统领天下的新政。

昙花般美丽，烟火般璀璨，思想、精神绽放的时代。

现下坐在牛车上的嵇康和阮籍二人，却不知自己会在青史上留下这么重、这么酣畅淋漓的一笔。

他们头一次隐约觉得，太傅与大将军的这一场遭遇，竟然与自己会有关联，会让自身的命运被拖曳至之前完全不曾想到的境地。

阮籍已经完全放弃了对牛车方向的掌控，只

任由那头老牛随意吃草，拖着车子，忽快忽慢，忽走忽停。此时已是深秋，山风吹着焦黄的叶子，刷拉刷拉响着没完。虽然快到正午，空气中仍漫着寒意。

枯草的味道浮在嵇康鼻端。

他看着阮籍，突然发现，这个平日狂放不羁的男子，心底其实这么迷惘。

“是你写《乐论》的原因吧。”嵇康忽然道。“夏侯太常专门写了《辩乐论》驳你，司马太傅多半认为，嗣宗兄政见与大将军一系不和，可以拉拢。况且……阮家毕竟是名门。令尊的名号，我至今神往。”

“我知道。”阮籍只说了这么一句。

“我知道啊……”他又说。

牛车走了略快了些，嵇康看看周围，不知身在何处。

却听阮籍道：“你知道我为什么辞官？蒋太尉明面里四朝元老，两不相帮，实际上，他与司马太傅私交甚厚！我到底是……”

他没说下去，嵇康也没有多问。

是啊，阮籍怎么可能愿意帮着司马懿对抗曹氏一族？他也许还记得，有一个由性的皇帝，曾经经常跑到自己家来，抱着三岁的他，笑得也像个孩子。那是一个亲厚的长者，一个会念《南华经》给小孩听的中年人，一个让阮籍觉得每次回想起来就

与有荣焉的才子皇帝。

但他也不愿帮着曹爽这样的一个“曹氏一族”。他和他带领的一群所谓名士，做派风流，举动轻薄，贵气十足又浮华成性，就真的成了天下文人的典范？这与阮籍从小受到的严格儒家教养完全不可融合。

牛车慢行。

“可能是我错了吧……”阮籍严重迷惘的神色越来越浓。“或者……但我不知道谁错了？莫非就该是这个样子？儒墨道法，谁又知道哪一桩能救世人？是礼乐教化么？是清静无为么？还是明纪律严法度？”

牛车行得越来越慢。

“我辈……蝼蚁啊……”

阮籍还在说着，嵇康只是听。

“我阮嗣宗自幼失怙，二十岁上取了这个字，一心要报国济民，以嗣祖宗，至今，面对的却是这么个局面。是我错了么？是么？是么？”他仰天高呼，“圣人何在？仲尼何在？来瞧瞧这个世界啊！”

车子震动，兀地停了。

前方竟已没有了路，牛车，停在了密林深处，阮籍只顾着和嵇康说话，已经许久没有赶车，老牛闲行，不知怎的竟能走到这样的地方。

阮籍怔怔看着前方的驳杂。

嵇康则是看着阮籍。

起先，阮籍脸上有一瞬的空白，紧接着，他额上青筋暴涨，眼中一条条血丝泛起，鼻翼张合，越来越急促。

兀地一声清啸从阮籍口中逸出。

再然后，是一阵呜咽，和着被山风摇动的枯叶，渐渐凄迷。哭声是凋敝的、放纵的，仿佛要把心肝脾肺一起哭碎了才罢休。

嚎啕中不时夹杂着负伤野兽般的低吼。

吼声先是压抑的，到后来，简直像是哭声中掺杂着惨叫声，绵长而低沉，每次哭叫后，又是一阵急促的气喘，气喘的同时又伴着不可抑制的哭声，简直像要用嚎哭代替了呼吸。

哭声惊动了林中鸟兽，一阵鸣叫，又是一阵翅膀扇动，禽鸟纷纷走避，似是不忍听闻。

这样的哭声，不要说哭的人本身，就连在一旁听着的人，恐怕都忍不住揪心。

嵇康自己从没有这样哭过，也没有见过什么人这样哭，哭得如此放肆，如此痛苦。印象里，父亲去世的时候，大哥和母亲或在灵堂上嚎哭，或在内室暗自垂泪，亦是十分悲伤的，但那哭声却与阮籍此刻的不同。

此刻的哭声，哀而不伤，更多的是惘然、无奈、挣扎、失落。似乎是哭眼前的穷途，又似乎是哭往昔的不可追。有些是对未知的恐惧，还有些，

是为自己已经明白的事情绝望。

是的，很绝望。

几乎过了半个时辰，阮籍的哭声终于慢慢止歇，伏在车辕上，整个人像是脱了力。嵇康默默拾起不知何时落在他脚边的鞭子和缰绳，催动老牛。车子掉转方向，沿着来时的路往回返。

从林中渐渐回到了路上，茂林修竹换成了连绵的农田，农人三三两两，在田间往来种作。阮籍早已坐起，脸上犹有泪痕。他胡乱用袖子擦了擦，却只把脸擦得更脏了些而已。

嵇康突然想起了阮籍写的那几首四言，又想起刚看过的《酒狂》曲谱。他一边驾着车，一边清了清嗓子，引吭高歌，正是用《酒狂》的曲子，唱着阮籍新作的诗。

清风肃肃，脩夜漫漫。啸歌伤怀，独寐寤言。

临觞拊膺，对食忘餐。世无萱草，令我哀叹。

鸣鸟求友，《谷风》刺愆。重华登庸，帝命凯元。

鲍子倾盖，仲父佐桓。回滨嗟虞，敢不希颜！

志存明规，匪慕弹冠。我心伊何？其芳若兰。

牛车缓行，山阳城的城门终于在望。阮籍从嵇康手里接过了车驾。和着嵇康的调子，一同唱了起来。

志存明规，匪慕弹冠。我心伊何？其芳若兰。

我心伊何？其芳若兰。我心伊何？其芳若兰。

两人驾着牛车，沿途高唱，引得过往行人皆侧目，这两个狂生，全不在意。

何必在意，能够这样自由随性，长歌当哭，又有几人？

傍晚的时候，他们到了山涛家。见到这两个惯是不请自来的老友，山涛早就见怪不怪，安排厨子加菜，又收拾出客房，张罗嵇康阮籍住下，三人秉烛而谈，不在话下。

在山阳的日子就这样日复一日地过去，斗转星移，转眼又到了夏天，算来，嵇康在山阳住了两年多了。

过的，几乎是半隐居的日子。除了向秀总在他家里住着，吕安也来探望过他，三人很是投缘。

偶尔，三人会结伴去搅扰阮籍，如果他在家的话。

阮嗣宗自辞官后，多了个新的爱好——驾着牛车游历山水——经常累月不在，一旦回家，又累月闭门不出。

太傅司马懿为孙子向阮籍的女儿求亲，这事已经传遍了河内，拉拢之意明显如斯，阮籍全当不知，只是日复一日的醉而不醒，放浪形骸。

山涛却终于出了仕，任了河内主簿。

虽然山巨源自己没将喜怒行诸于色，但众友人知他一心光耀门楣，四十岁上才得出仕，着实不易，都为他欣喜。嵇康必然也是为山涛欣喜的，得了消息，立刻做了篇贺文，亲自送去向山涛道贺。

但他自己，于出仕上的念头，却越来越淡了。

名号却越来越响。

河洛一带，几乎没有人不知道隐居山阳的嵇叔夜的，不但文章浑然天成、物情畅通，人更是玉树临风、风度翩翩，况且又是盛年。渐渐的，开始有了名士权贵家里前来说媒的。

偏生嵇康这两年钻研老庄之道，修身养性，于男女之情上，亦是越来越淡了，虽然仰慕他才名前来说媒者甚众，家中老母长兄也频频催促，他却只是一概推掉。母亲孙氏一向宠爱儿子，却不曾过分张罗。

一方面，嵇康确实是认为，夫妻伦常与他的养生修仙之道不合，有点抵触。另一方面，驿站那女子，着实令他念念不忘。

但对方多半是魏室宗亲，自己一介布衣，家中的门第也不高，如何能央得沛王将女儿下嫁？他是连想都没有想过的。

到后来，嵇喜来信说，若是幼弟自己没什么打算，过了年，家里就要做主为他许一门亲事了。

嵇康只回了一首诗，贺兄长秀才入军，平步青云之日可待。嵇喜看着哭笑不得，却也知道，幼弟还是尊敬自己这个大哥的，没有反对，便是默许了。当下在家中秉过老母，只等过了年，就要为嵇康说亲。

不料，不等到过年，看似对男女情爱、夫妻人伦毫无兴趣的嵇康，竟然自己答允了一门亲事，而且还是魏氏宗亲，让嵇家上下十分欣慰。

却说这两年以来，嵇康每日在山阳家中，除了读写、弹琴，余下的便是打铁。若是有托了人来求亲的，他更是打铁不辍，将来人全交给嵇禄应付。老管家叫苦不迭。

“二公子，老奴觉着这一门亲事该答允了。”

“再说吧。”

嵇禄轻叹一声，回掉了武卫将军遣来说亲的人。

又或者：“二公子，礼部尚书府想邀您上元夜一同赏灯。”都知道礼部尚书的女儿刚刚及笄，名为相邀，实为相亲。

“说我回了老家，改日登门拜谢。”

嵇禄越来越绝望了，上下打量自家的二公子，确是俊美非凡，风度翩翩，气质飘逸得几乎像个仙人，莫非真是要成仙了不成？

所以，沛王曹林的请柬送来的时候，嵇禄只是惊讶于邀者身份之高，地位之崇，并未料到嵇康会答允。

“我去。”

嵇禄惊讶得半晌合不拢嘴。

两日后，嵇康驱车入京，赴了沛王曹林的宴席。据说宾主尽欢，嵇康甚至弹了自己做的《长侧》之曲。席上一众只闻过嵇康才名和美名的人，纷纷惊叹于这个年轻人的人品气度。

沛王曹林请来的陪客里，也有嵇康来山阳隐居后相交过的名士，提起他这两年做的《养生论》、《答向子期难养生论》，同他辩论，嵇康也只是轻描淡写，一一应对。参加过数次文人雅士的宴饮集会，每次都有人发难，只是，几乎没有像向秀、阮籍那样，需要让他打起精神认真应对的，大多只当作应酬，不得不为罢了。

他却有留意到，花厅一侧厚厚的帘幔之后，一直坐了个人。烛影晃动时，那人的影子会随着晃动，看上去十分纤细。

嵇康刚与一人论了礼乐与教化的问题，又答了另一人关于住宅凶吉的刁难，偶尔还会与曹林讲些养生的见解，不过，他始终有一部分心思，在留意着帘后那人。会是她么？他发现自己心底在猜测。

发觉这个，他不得不在心底苦笑了一下，笑自己的执迷。自驿站一别之后，已经两年，况且，始终不知道，那个女子究竟是不是长乐亭主。

与嵇康辩论的人似乎也发现了他的恍神儿，还以为是嵇康词穷，刚得意了一下，眼前的俊朗男子便精神一振，揪住自己话中的漏洞，一番驳斥，词穷的立刻变成那人自己了。

曹林在上座暗暗点头。这个嵇康，不只是丰神俊朗、文采过人而已，更是思维缜密，有理有据，反应也极其迅速。能在对方发难的时间里，极快地想出如何应对、组织好语言、作出反击。想同他辩论，要是没有向秀、阮籍那样的才学和思维，只怕非要吃亏不可。

他越想，越是满意这个年轻人，就不知璺儿想法如何……曹林想着，眼睛不由得瞟向帘幔。

嵇康注意到了曹林这个眼神。

鬼使神差的，一向低调的他，突然主动说，要给沛王奏一曲助兴。

没有人知道，他并不是为了讨好王爷，而是为了给帘子后面，不知是男是女、是老是少的神秘人物听的。

《长侧》是他到了山阳后作的曲子，曲式清雅，是他每日清晨凝神时才会奏的曲子。他想给那个女子听听——如果帘子后是她的话……

惟椅梧之所生兮，托峻岳之崇冈。

披重壤以诞载兮，参辰极而高骧。

含天地之醇和兮，吸日月之休光。

郁纷纭以独茂兮，飞英蕤于昊苍。

一曲终了，他再看向帘子，那个人影却不见了。

正在惆怅，一个侍女从后堂走入，去到沛王耳边小声说了些什么，只见沛王一脸欣慰，看向嵇康。

“孤王有个不情之请，想请嵇公子今日留在王府做客，彻夜长谈，如何？”

本来他会拒绝的。但嵇康不知为何，答允了。

满座客人不由得惊叹，都道王爷如此赏识嵇康，多半也会请他在王府做个客卿吧，只是不知嵇康会不会答应了。

不过，谁也没有料到，沛王想让嵇康做的，不只是客卿而已。半个月之后，王府的媒人就到了嵇康的老家谯郡。

嵇喜从军戍边，家中只有母亲孙氏主持，一听是王府来说媒，吃惊不小，将信将疑，仔细问了沛王小女儿的年龄，更是疑惑，只得说道：“能与沛王府结亲，自然是我家的福分。只是……长乐亭主刚及笄不久，正当妙龄，我那犬子却二十有三了，王爷不介意么？况且，嵇氏虽有些名望，到底不是世家大族，比不得琅琊王氏、陈郡谢氏，岂敢高攀宗亲？”

须知自汉末以来，局势动荡，不免流行早婚，一般女子及笄、男子十五六，便要张罗婚事，嵇康大哥嵇喜早已成婚多年，孩子都有了。嵇康二十三的“高龄”，确实算是晚了，只因他一向固执，与家里说自己修身养性，不肯成婚，母亲兄长也拿他没办法，直拖到现在。

沛王府遣来的人，是王府的客卿，只听他哈哈一笑，说道：“沛王爷早就留意嵇公子的才名，十分赏识，并不介意这些。”

说着，那客卿挤了挤眼睛，压低声音又道：“要说门第，想来夫人也明白，说句不好听的实在话，王爷只是个郡王，只怕才高攀不起琅琊王氏、陈郡谢氏这些人家啊……”

话说自汉以来，地方的世家大族势力庞大，地位超然，尤其以琅琊王氏、陈郡谢氏为最，只与寥寥几个姓氏通婚。百年来政局更迭，皇室宗亲的姓氏换了几茬，王谢之家却绵延不绝，以至于普通的宗室子弟，竟不敢向那些名门望族轻易求亲，只怕教对方拒绝，驳了脸面。

孙氏一听，却也是这个道理，但仍有些犹豫，一方面，对方是魏室宗亲，另一方面，嵇康于婚姻一事十分自主，所以孙氏也不敢便做了主张。

那客卿察言观色，又道：“其实王爷日前请

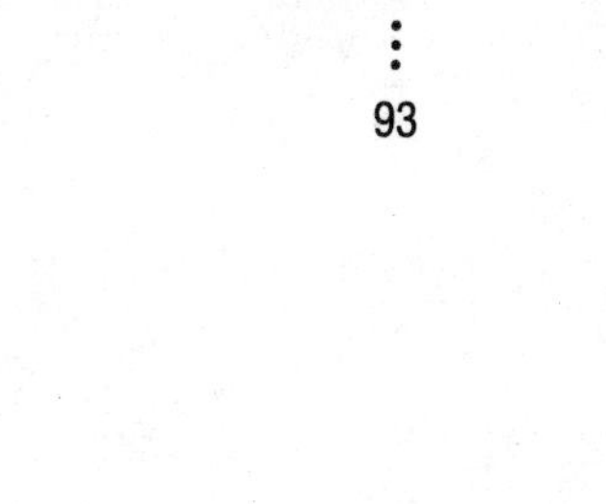

了嵇公子赴宴，当夜又留了公子住下，已和公子谈过了，听令郎的意思，已经是答允了，只等家里点头。王爷这才张罗我来的。”说着，竟还拿出了嵇康捎来的书信一封，字里行间，确是隐约表露着愿意答允婚事。

孙氏见信，大喜过望。当下张罗起来，纳采、问名、纳吉、纳征、请期……直折腾了年余，总算是在第二年的腊月之前办妥了婚事。

正始七年，嵇康在洛阳新置了居所，迎娶了长乐亭主曹璺。这一年，嵇康二十四岁，长乐亭主曹璺十七岁。次年，嵇康出仕，任郎中，后升至中散大夫，在太学开课讲学。

一直到大婚之后第二天接受了新妇的奉茶，孙氏都没想明白。

自己这儿子，怎得突然想通了，肯成婚了！

嵇康自己原也不是很明白，但是，洞房里掀开盖头的一刹那，他明白了。

她身上，没有那种浓烈得让他感到不舒服的胭脂香，而是一种淡淡的香草气味，干干净净的味道，一臂之远，似有若无，让他忍不住凑得近了一点，想确认一下那是什么味道。

一低头，她微笑的眼，正凝视着自己，毫不闪避他的视线，只有搅在一起的双手暴露了她的紧张和羞涩，于是一种说不清道不明的情绪在他胸膛里炸开。伸出手去，他握住了她的手。

她瞧着他，笑得更甜：“我一直记着你。瞧，是我同父王说，我要嫁给你做妻子。”

他脸上发烫，有些不自在，又有些欢喜。

而她则仰着脸，认真地望着他的脸。“你比我美啊。”她娇嗔，似是有些不满，又似是开心。

于是嵇康也笑了，拥着她，他觉得前所未有的满足。悄悄地，他希望以后都能有她陪在身边，彼此相守，彼此相护。

那一年秋天，他们都觉得自己找到了让生命更美好的意义。

很快，入了冬，寒风吹得急切，早上她醒来的时候，天色还未明。

新婚一个多月，她还真不太习惯，每天早上都要反应一阵子，才能适应这个新的房间，新的卧榻，还有，旁边睡着的这个男人。

瞧着身畔的他，她嘴角扬笑，轻手轻脚替他拉好了被子，她披了件衣自榻上下来，遥远的天际有些蒙蒙亮起来。

卧房一侧放着嵇康的那把琴。曹璺走过去，在琴边坐下，小心翼翼用手指轻轻抚着琴弦。

“会么？”男人的声音突然扬起。

原先漆黑的屋里不知何时慢慢亮了起来，嵇康也已坐起，张开惺忪的眼，微微一笑，声音沙哑。

曹璺一侧头，赧然道：“会一点儿……自然是不能同你比较。”她又用力一昂头，“不过我很会

听！”

嵇康脸上笑意更浓。他下了榻，朝着自己的妻子走过去，坐在她身后，手环在她腰上，将她拉进怀里。

“要不要我教你？”他的下巴放在她肩上，在她耳边低声说。

而她立刻呼吸急促起来，点点头。

她的脸颊碰着他的，滑嫩的触感，有点痒，更多的则是酥麻，他的呼吸也跟着急促起来。

不过还是镇定了心神，他的手托着她的，放在琴上。

“这是古琴，五弦，内合五行，金、木、水、火、土；外合五音，宫、商、角、徵、羽。琴头为额，下端为‘岳山’，又称‘临岳’。琴底这里，你瞧，对，便是这里，为‘龙池’，那一边则是‘凤沼’。这叫上山下泽，或名为有龙有凤，意指天地万象。”

“也意指……男女好合么？”她问，回眸向他瞧去。

他一笑，左手环得她更紧了，只用右手落在弦上，简单拨了几个音。重复了几次，她终于听了出来，是《凤求凰》的一段。

这一刻曹璺靠在嵇康怀中，听着那虽简单但让她满心感动的琴音，只盼时间再也不要流动。

永远，永远，留在眼下这一刻吧。

第六章 三载湮旧尘

正始九年，公元248年。

山雨欲来风满楼。

嵇康自山阳到洛阳，开始在太学授课，耳濡目染，皆是动荡的政局。

正始九年的腊月，天气比往年冷了些，一入冬便下了场雪，将整个洛阳城裹得一片素白，只是，那素白初落在地上还是白的，过了一两日，往来行人车马几番踩踏，便把那素白践踏成一片污浊。

中散大夫嵇康自太学讲完课，回府的路上已开始怔怔瞧着沿途的泥泞出神。到了家后，俊眉更是微蹙。

太学，乃是朝廷贤士之所关，教化之本源，也是嵇康现在每个月都得去十天的地方。

自黄初年间，文帝曹丕恢复了洛阳的太学，扫除太学灰碳，补石碑之缺，备博士员，开始从世家望族中招收弟子，有博士十九人，弟子百余人。明帝时，太学生增至千余，正始年间更是增至三千余人，以古文、篆、隶三体刊刻石经《尚书》、《春秋》二部，以供取正。时依汉制设五经策试之法，通过考试的可补掌故、太子舍人、郎中等。

嵇康并不是儒家出身，他所讲的也不是主课的儒家经典。所幸正始玄风较盛，朝廷也只是为了给他个闲职，既然嵇康是文人名士，在太学给学生讲讲杂集也是好的，便又让他兼了一个太学博士。

他倒是出乎自己意料地喜欢这个闲职，与年轻学子谈谈道家经典，聊聊掌故历史，偶尔还会点评一下时政。他喜欢那些年轻人，他与他们其实差不多大，明白那种充满生命力的、对未来充满期望的血性。

太学生们大多也很喜欢听嵇中散的讲课。他学识渊博，过目不忘，对事物常有独到的见解，而且思维敏捷，逻辑缜密，授课闲暇了，还能听他讲讲古人逸事乐理琴道。

最要紧的是，中散大人的课程永远只谈学术，没有那么一股子权术的味道。因为嵇康本身就同其他授课的太学博士不一样，他仍像是在山阳隐居，而不是在洛阳为官。

起码，他一直缺乏为官之人应有的敏锐。

眼下是个氤氲混沌之世，一直称病不出的司马太傅似乎病得更重了，上个月,河南尹李胜被提拔为荆州刺史，上任前去向司马懿此行，亲眼瞧见太傅大人病得连饭碗都托不住了。

转眼间，全洛阳似乎都知道司马太傅病入膏肓了。最高兴的，当然还是大将军曹爽。

曹爽当初张罗那个所谓的“正始改制”，早就在众人的消极抵制中，基本宣告失败，到后来不了了之，也不知算是怎么个收场。何晏、夏侯玄等名士在京中的名声也是江河日下。

正始五年时，他又张罗着出征了一番，结果才一出征就弄得进退两难，大败而归。

眼见这曹爽一天比一天不得人心，连蒋济这样的大魏旧臣，也对他摇头叹息，最后，甚至明里就站到了司马懿那边，估计也是对曹爽极其失望了。

这样一种局势，曹爽正发愁再这样下去只怕难以压制司马懿，却听说——老太傅病入膏肓、来日不多了！

他能不高兴么？

动作立刻又大了起来，明年正月皇上要去到高平陵祭扫先帝陵墓，曹大将军已然决定要亲自带兵随驾前往。至于本该去伴驾的太傅，曹爽只一句“太傅既然病重，就不要去了”，便将“司马懿”三个字从名单下划了下去。一时之间，朝廷内外议论纷纷。

对臣子而言，能够随御驾祭祖是莫大的荣誉，官职品级不够，是根本没有这个资格的，若是品级够了却不能随驾，往往是失了圣眷。眼下曹爽所为，明显是对司马懿十分不敬。

司马太傅府上却不动声色，完全没有对曹爽这明显的挑衅做出回应，只有他的次子，典农中郎将司马昭在车驾路过将军府的时候完全没有慢下来，些许表现了对曹爽的愤怒。

已经有些人在猜测，司马太傅大概过不了这个年了，各方势力纷纷派人暗中打听，但太傅府的下人一个个讳莫如深，只听说自从进了腊月，各地的名医摩肩接踵被请至府中，都再也没有出来。

今日嵇康在太学听说的就是件事情。同在太学开课的司隶校尉毕轨一向是曹爽的亲信，他提起了司马太傅从祭祖随驾名单上被删去的事，言辞之间，甚是得意。

嵇康当时的反应是——毫无反应，只点点头表示听见了，直至毕轨悻悻走开。

他轻叹，每天要应付的都是些自己连话都不愿同他们多说的人。有时候某些同袍擎来文章与他看，也都是些让他觉着瞧了都侮辱自己眼睛的东西。也只有面对那些太学生授课能让他开心些了。

他虽有“意趣疏远，心性放达”之美名，但一向刚肠疾恶，轻肆直言，遇事便发，又形容冷淡，若不是遇见才高德厚的知己，素不与人相善。久而久之，曹爽一党不与他往来，司马懿一党也不与他往来。

于是嵇康对自己目前的处境愈加厌烦起来。

他怀念的仍是与三五知已相聚，或游山玩水，或谈玄论道，实在没事，打打铁都是好的，总强似现在……

心底隐隐约约地，他抱怨起妻子长乐亭主来。若不是为了她的身份地位，他本不必来洛阳的。

但是又矛盾着。家人亲戚都道他高攀了魏室宗亲，得了机会出仕，且不到三十便能得五品官衔，前途不可限量。况且，妻子出身显赫、冰雪聪明，不是那等世俗女子，也算是才女了，只不过不是才华的“才”，而是才干的“才”，但也早已与他知音唱和。

他还有什么不满？

就是这说不上来的一点疑惑，让他这三年看似幸福的婚姻生活始终笼着些许阴影，即便是女儿的出世也未能消解。

正想着，老嬷嬷抱了女儿过来了，一岁不到的奶娃，已能看出是眉清目秀，十足的美人胚子。嵇康不禁抱着女儿哄了一阵，才交给老嬷嬷带下去安顿了。心中感慨，到底是天伦之情，自己初写《养生论》时还不甚明白，如今那软绵绵、娇滴滴的小婴儿抱在手里，才知道为人父的喜悦。

同时也不由自主地担忧着。

为人父母，只怕一生都要牵挂子女，时时惦记。儿女小的时候，要为其安排教养，略大了，又要谋划出路、议定亲事；要担心人才品性，又要烦恼生老病死，总之是劳心劳力，没有不为儿女伤神的。

这也是他当初所论，天伦之情于养生之道不合的地方。但明知如此，看见那个小奶娃对着自己笑的时候，他又怎么不去劳这份心，伤这份神？

苦笑一声，嵇康转进了内室，妻子长乐亭主正在张罗回乡过年的行囊，见他进来，神色不大对，随口问了一声，嵇康便把今日在太学里听到的事情说了个大概。

曹璺随口吩咐了几个下人去把前厅摆着的红木彩雕屏风收拾进库房里，又嘱咐了一声“举动小心”，回身拽了嵇康在案前坐下，又拿来棋案和两个棋子，抢先丢了三枚黑子上去，这才有一搭没一搭地详细问起高平陵祭祖一事。

听嵇康详细说了，曹璺皱眉：“太不像话。”

嵇康不明所以，询问地看向妻子。手上拈了一枚白子落在棋盘上。

却听曹璺说道：“这个曹爽自以为是至极，他父亲曹真也不过是武帝爷爷的养子罢了，他便这样跋扈，不把我曹家看在眼里！祭祖随行的名单，自有礼部的规矩法度，也是他随意改动的？”

这番话，却根本没有考虑曹爽司马懿之争，矛头全部指向了曹爽此举的僭越，全然在嵇康意料之外。

嵇康转念一想，又觉得是在情理之中，妻子曹璺是当今皇上的堂姐，曹爽也好，司马懿也好，都是她曹家的臣子而已。两个臣子如何争执，她自然不会向着一个，为另一个抱不平，必然更加留心两人的行为有没有触及到她曹家至高无上的权威。

曹璺话锋突然一转，脸上是不屑的表情：“可惜曹爽终究是个草包，成不了什么大事。”

说话间，二人你来我往，棋盘上已布下了十余子，基本局势已成。

“你是说曹爽这些年的新政、出征，都成事不足败事有余么?”

曹璺冷哼一声，“那些还好，若是他能把司马懿的势力斗下去，再胡闹些也无妨，偏偏他自以为是，根本没有和司马懿斗的能力。司马懿现在是病重，到底没死，还有两个儿子也都不是好相与的，他怎么敢现在就得意起来……况且，他把自己兄弟全都列在那随驾的名单上，岂不是他曹爽嫡系全都要离了洛阳，偏偏要把司马氏父子留在自己背后么？”

嵇康不解：“可是……太傅已经没有兵权了，中护军和典农中郎将也都没有兵权……”

曹璺闻言，看着嵇康叹了口气。

“怕只怕曹爽也如你这般想，那就……只怕一点儿挽回的余地都没有了。”她侧着头思索片刻，神色渐渐悲喜交集，最终十分惆怅，“说不定已经来不及了……上次去金乡姑姑那里，她拽着我哭了好一阵子，说驸马何晏作恶连连，只怕没有好结果，我问她，才知……才知……曹爽何晏他们那些人，好几次饮酒作乐，把先帝的才人弄了去……”

这些事情曹璺到底说不出口，吞吞吐吐地，脸上已泛了红，嵇康却已然明白怎么回事了，不禁也露出了不屑的神情。

“所以我根本不信这样几个人能斗得过司马懿。只希望……不要卷进这场祸事才好。”她瞧着嵇康，星眸闪烁：“曹爽的人拉拢你，司马懿的人也拉拢你，你一概不理，这样挺好，这种时候，确是需要明哲保身才行。”

“我不想理会他们罢了，倒不是为了明哲保身。”嵇康落下一子。

“知道你，”曹璺也落下一子，“倒宁愿你是。真太任性，好多事情非得由着你的性子来。图一时痛快就得罪人，你这样还不如辞官了隐居去呢，现在的局势，可不是你能应付得来的。”

“又这么说……”嵇康不满地看了她一眼，低下头继续在棋盘上布局。

“难道不是，你这为人处世啊……我就不拿你说的‘俗物’来比了，你看山巨源如何？”

嵇康不语。

“且不说山巨源了，你就连嗣宗通晓世事都没有。”

嵇康正拈着一枚白子欲落下，听见这话，只觉得胸口一闷，没来由十分不痛快，半晌才道：“我就是如此……随你怎么说吧。”

他对妻子真是没什么不满意了，冰雪聪明，温柔甜美，凡事有主张，也不是贪恋权势之人。而且，与自己知音唱和，几乎是神仙般的生活，闲来下下棋，弹弹琴，论论诗文，快活的时候，着实是很快活了。

但她却毕竟是宗室亭主。

言谈之间，时不时会咄咄逼人，和嵇康日常言谈行事，难免有些颐指气使，甚至出语伤人了自己都不知道。

或者是不在乎对方会不会被她的话伤到吧。毕竟，念及她成长的环境，王府里除了沛王夫妇，哪个不是要让着她宠着她？幸好天性善良，没有教养成刁蛮任性的女子，已经十分不易了。

原本嵇康也不甚在意，但婚后有一回，两人应邀去金乡公主那里赴宴。金乡公主与曹璺之父沛王均是杜夫人所生，同母兄妹自然比旁的更亲近些，曹璺打小便常和姑姑往来。

金乡公主的驸马不是别人，正是曹爽的亲信何晏。

在前往何府之前，嵇康与曹璺也曾说到过曹爽

与司马懿之争，进而提起过何晏，当时曹璺言谈之间，对自己这个姑父显然是十分不以为然。当晚席上，嵇康一如既往淡然处之，却见曹璺像换了个人一般，私底下的不屑半点儿没有，谈笑风生，仿佛和何晏也十分亲近，让嵇康大为惊叹。

自此他便仔细观察曹璺，这才发现，妻子要是见了皇室贵戚，或是什么有利害关系的人物，她立即变得举止谦和，再娇憨不过。那咄咄逼人、贵气十足的一面，只有面对出身地位没有她高的人才会显露。

那是不是说明……自己在她眼里，是没有她地位高的？

明知这是必然的——对方是亭主，自己是寒门——而且明明也相处得很好，但这个想法自从那时候起，就像一根刺儿一样扎在嵇康心里。每每遇到曹璺言辞犀利，或是行动举止端出了亭主的架子，他不由自主地便不痛快起来，即使有时候曹璺本不是那个意思……

比如，此刻……

这厢曹璺见嵇康神情不予，知道他恼了，却似看见儿童胡闹一般，安抚道："好好好，那就不是好了。你呀，明明这么大的人了，有些事总像小孩子似的，动不动就着恼。"

嵇康见她笑得娇美，火气慢慢又消了。

两人继续下棋，却见嵇康的白子左支右绌，眼见是不成了。曹璺笑得越发开心，与嵇康说话的语气也柔和多了……

这一年的腊月始终是冷的，寒风一直持续到年后。正始十年的元月初一，雪花又扬了起来，洛阳城的街道上漫着厚厚的一层。双脚踏在雪里，走路都费力，何况鞋子还会被浸湿了。伴着雪花的还有刺骨的寒风，拍在脸上刀刮一样。这样的天气，走不了几步路，全身就冻得生疼。

嵇康带了妻子女儿在谯县老家却不觉着很冷。雪也是飘了，风幸好是不大，嵇喜的一群孩子滚在院中的雪堆里只是玩闹，嵇康隔着窗瞧见，嘴角也不禁噙了笑意。

待到初五，他应山涛之邀，独自去了河内怀县山涛老家拜访。

山涛这次只邀请了阮籍、嵇康两人来家里一聚。这两年来，三人均已出仕，宴饮游乐不似以往频繁，上次见面更是五个月前的事了。待到嵇康下了马车，见山涛、阮籍迎了出来，脸上都是隐隐的欣喜表情，他心中一暖，立刻觉得连风雪交加的天气都暖起来了。

当夜嵇康、阮籍在客房安置下，又是把酒言欢。

入了夜不久，山涛自客房出来往书房去，打算仔细看看今日阮籍拿来的几首四言，却见一人立在檐下，正是妻子韩氏。

山涛与韩氏成婚二十余载，一直伉俪情深，两人自山涛潦倒之时成婚，可谓是患难夫妻。这几年韩氏一直留在怀县老家，是以从未见过嵇康。

这韩氏是个明朗利落之人，此刻等在檐下，却是因为对嵇康十分好奇。见山涛过来，上前先说了几句家里过年安顿诸般事宜，才提起要去瞧瞧嵇康、阮籍是何等样人。

山涛不解，问妻子为何，那韩氏答道："你不是常说'眼下能做我的朋友的，就只有这么两位'，听你说得多了，也听说这两位都是不世出的奇才，自然也想瞧瞧，到底怎么与众不同。"

她见山涛犹有疑惑，又道："从前僖负羁的妻子也曾亲自观察过狐偃、赵衰，我也想看看他们，可以吗？"

这却是个典故了。

春秋时期曹国大夫僖负羁的妻子颇有见地。晋公子重耳流亡到曹国，国君对重耳不礼貌，僖负羁劝曹君厚待重耳，意见没有被采纳，他回到家中，闷闷不乐。妻子问他是怎么回事，他便向妻子讲了实情。

僖负羁妻立即劝说丈夫道："我早就听人家说，晋公子重耳将是万乘之主，身边的随从，也都是些万乘之国的将相之才。现在他们处于穷困境地，外出逃亡，在这儿受到侮辱，一旦返回晋国主政，一定会伺机报复的。您若不提前与之结交，将来一定要跟着遭殃。”

僖负羁听了夫人的话后，马上派人连夜送了些金银珠宝和好酒好饭到重耳的住处。这时候重耳一众尚未用晚膳，正感到饥肠辘辘，见僖负羁送来饭菜，十分高兴，立即吃掉了饭菜，但把黄金和白璧悉数退了回去。僖负羁见后，更加佩服重耳的贤德。

日后，重耳归晋做了国君，便是史上赫赫有名的晋文公。他即位三年，起兵伐曹报仇。破城之日，叔瞻被杀，曹共公被抓，曹国亡于此役，仅僖负羁不曾罹难，便是当初结下的因果。

韩氏自幼也是教养出众的女子，这一回拿僖负羁的妻子自比，倒教山涛觉得妻子这要求可行，当下带了韩氏一同至客房外。那屋子两侧各有一间耳房，与正房之间开着扇窗，糊着几层窗纱。

韩氏在耳房内坐定，轻轻掀起窗纱一角。见屋中两人，一个年轻一些，身形颀长，剑眉星目，正席地而坐在案前翻看几册书籍，举手投足间，都说不出的优雅飘逸。另一个看着已四十余岁，须发散乱，趺坐榻上，神情动作都十分率性，只隐约流露着些许的苦闷之色。韩氏略一沉吟，便猜出年轻的那个是嵇叔夜，略沧桑些的那个是阮嗣宗。

只听嵇康道：“嗣宗，听闻你已经官至尚书，这番又辞了，却是为何？”

榻上那人正是阮籍，只听他答道："废话，大乱在即，你觉察不出？还不赶紧也辞了官，咱再回山阳喝酒去，好过留在洛阳送死。"

屋内的嵇康和耳房里的韩氏都惕然而惊。嵇康忙问道："是曹大将军要有举动？"

阮籍摇头叹道："叔夜啊叔夜，你……你还是辞官的好，你在洛阳，我怎么看都觉得像是羊入狼群。"

嵇康无奈一笑："打算年后就辞官。"

"年后……嗨，只盼来得及……不过，你究竟也没有什么利害牵扯，又娶了长乐亭主……怎么也能留得性命吧。"

阮籍说得这么严重，倒教嵇康半信半疑。但辞官确实是他一直想着的，不想卷进纷乱的政局是一方面，另一方面，是他自婚后这三年，所见所感，对仕途愈加淡然了。

却听阮籍接着道："这年头啊，还真是，学一学老庄，清静无为，说不定能多活两天。"

嵇康十分诧异。他只道阮籍更好儒家，想不到这两年见得少了，阮籍也说起清静无为之类的言辞来。

他忙问："嗣宗兄何时也对玄理这么有兴趣了？"

"我做了篇《通老论》。"

《通老论》，是阮籍到了洛阳后所作，文中，他大谈三皇依道，五帝仗德，三王施仁，五霸行义。

阮籍昂着头，似乎是回忆了一下，才道："当年在山阳初见你时，你对我的《乐论》有些疑义，还记得么。"

"哦？"嵇康挑眉。"是音乐与教化之论么？"

阮籍说道："不错，我近两年越来越惦记你那几句话，却有些疑问。"

"哪一句？"嵇康隐约有些记得。

"那时你说，音乐本身并无悲喜，根本只是人有悲喜，附着于音乐罢了。这几年我潜心思索，还是不能赞同。"

嵇康一侧头，示意阮籍说下去，耳房内的韩氏也动了动，凑得近了些，只怕听漏了一两个字。

只听阮籍咳了一声，说道：

"《乐记·乐本篇》所言，'治世之音安以乐，亡国之音哀以思'，盛世与末世，从百姓的音乐喜好上便能听出来。若是天下安定，政治清明，音乐也会应和形势，显出盛世之象，若是末世，乐中难免会带出悲戚靡靡之音，管乐丝竹之音，或悲或喜，无不是有人心悲喜为源头的。

"当然，各地风俗不同，音乐特点也大不相同，但其中或悲或喜的情感却必定是可感可知的，心动于中，声出于心，内心情绪激荡，曲中自然流露，可见音乐是要出自于人的内心才好，寄情于音韵之中，若是知己听见，必能体察。当年俞伯牙弹《高山流水》，钟子期从琴声中知道他的志向；奴隶击磬，子产从磬声中了解他内心的悲哀……

“这些古人的例子，并不需要比旁人更多的敏感睿智，也不见得和发声者经历过相同的处境，却能明白那声音中的情感悲喜，这难道不是说明，内心悲伤，感情就会为之悸动；感情悲苦，声音就会表达出哀婉，这是人的内心流于自然的表达，难道有人能例外么？

“若是叔夜你要说，有人不能明了他人音乐中的情绪，那也只是善听与不善听的区别罢了。善听者不因为乐曲繁杂而觉得难以理解，不善听者也不会因为琴音简单就觉得容易，所以当然不能遇到了善听的人就说声音没有可以体察的道理，看见四方习俗多变，就说声音中没有快乐和悲伤的情感。

“孔子闻韶乐，三月不知肉味，是因为了解了虞、舜的德行；季札听见音乐，便能明了各地不同的风俗；这些古人的事例，无不是说乐曲中各有悲喜的。现在你却说，音乐并不包含悲哀和快乐的情感，这是什么道理？你说来听听。”

阮籍洋洋洒洒说完，看着嵇康，只待他应对。

而耳房内的韩氏，也是凝神静听，看嵇康怎么回答。

第七章 世人如子孓

正元元年，公元249年。

司马懿血洗洛阳，史称“高平陵之变”。

侥幸逃得性命，嵇康、阮籍、向秀、王戎等人日复一日放浪形骸、谈玄论道、食散清谈，并称“竹林七贤”。

嵇康一向是很钦佩阮籍的。

对这位亦师亦友的长者，他佩服他的才学见识，佩服他的风范气度。两人无论是谈论文学乐理，还是评议时政人物，始终相谈甚欢，让他觉得能找到这么一个人，自己提了什么历史掌故，对方不会一脸茫然；对方看见什么奇文妙笔，自己也往往欣然共赏，真是难能可贵。

只除了一点——在儒道之争上，阮籍与自己始终见解迥异。

别看阮籍潇洒疏狂，骨子里，却一直执着于幼年儒家家学。这与嵇康不同，他父亲早亡，嵇家也不是世族，没什么家学渊源，倒让他自在长大，自由发展，儒墨道法的书遍览之后，自然而然喜好了老庄。适逢乱世，也只是让他对纷扰的外物更加厌烦了一点，理想上的打击，有是有，不大。

至于阮籍，却大不相同，近十几年天下大乱，礼乐崩坏，他甫一成年，见到这样的时局，心中难免又是悲凉，又是失落，外人看着他放浪形骸，却不知他自小发下的志愿面对现实碎为齑粉的苦闷。与嵇康往来后，他渐渐有些去儒向道的意思，前日里所做的《通老论》就是一例。

只是，对于礼乐教化的坚持，仍是想与嵇康争个明白。

不过却从未这么严肃地与嵇康探讨过。想来这几年一直暗中思索，今日才觉得可以一辩了。

嵇康自然也明了好友的想法，他沉吟片刻，放下手中的诗稿。

“所谓《乐经》，已是千年前的道理了，所说的‘治世之音安以乐，亡国之音哀以思’，当初究竟是怎么个意思，也不可考了。我只觉着，天地合德，万物贵生，寒暑代往，五行以成。怎么说呢……”

嵇康停顿了一下，仿佛在想用什么例子合适。

“这样说吧，声音的存在，就像是天地间的气味，无论有没有人，都已经是天然存在之物，香臭不会因为人的喜恶有改变，音乐不也一样么，七弦发七音，并不会因为弹奏的人不同就多出来或少了一两个。也不会因为听的人心情不同就在曲调上有什么不同。”

他这一番话有理有据，着实不易辩驳。耳房内韩氏听着，不由得暗暗点头，对嵇康大加赞赏。

阮籍却不是这么好打发的人。他摸索来酒壶，大口大口灌着，随后说道：“有点道理。”

声音表情，却好似仍不怎么赞同。

果然，又灌了几口酒下去，阮籍又道：“葛卢闻牛鸣，知其三子为牺；师旷吹律，知南风不竞，楚师必败；羊舌母听闻儿啼，而审其丧家。这些事儿都明明白白发生过，你怎么解释？”

他侧眼看向嵇康：“这些事摆在那里，我看就是说明盛衰哀乐能蕴涵在音乐中的。你要还坚持说音乐蕴涵的哀乐只是人内心自发，那就是想否定这些事情么？你实实在在说几个能让我说不出话的事儿吧，我瞧瞧，你能不能让我信你的。”

嵇康一笑。

“嗣宗，你是想让我彻底把你驳倒么？”

“不错。”

“为何。”

阮籍攥着酒壶的手，握得紧了些。

“你尽管拿最犀利的言辞招呼着，”他一字一句，慢慢地吐出这句话来。“让我心服口服，再不提音乐教化、礼乐诗书这些狗屁。”

让我再也不抱幻想，不再纠缠于儒家之衰落，礼乐之崩坏，专心去过清静无为的日子，再不想什么仕途经济，什么理想抱负。

这是他心中没说出来的后半句话。

但嵇康却似乎听见了这无声的后半句。他静静看了阮籍半晌，开口说了一声好，沉默一霎，又说了一声好。

然后正襟危坐，缓缓说道：“嗣宗，我原没有料到你想的是这个，既然如此，我也不能随意应付。鲁牛能知牺历之丧生，哀三子之不存，含悲经年，诉怨葛卢；这分明是人的情感，不像是动物的，这是我本来就质疑的事情，一直疑心是有心人附会的典故。其实，嗣宗你难道没有这样疑心过这一类的典故，摆明了就是有所指有所图，穿凿了些故事出来，已达到教化的目的。

“好，退一步讲，姑且算这个是个真事儿，牛不是人，葛先生能感受到它的感情，这也只能说他能解牛语，这跟音乐有什么关系？如果说智者可以触类旁通，听音知情，那好，让这些圣人智者去蛮夷之地，圣人可以明白他们的语言么？这和音乐是一个道理啊。所以就像是你不可能通过外貌来判断一个人的性格一样，也不可能通过音乐判定它的哀乐。”

阮籍在榻上歪着，静静听着，等他说完了，哈哈笑了两声，才道：“还不够，还得更犀利些。我知道这个事情大概辩不过你，不过，哼，今天非要和你理论清楚不可，我再问你，本来心平气和的人，听到不同的音乐，或昂扬或平和，会因为乐曲的变化引发心态的变化。既然感情能够随着音乐变化，为何说音乐不包含哀乐的感情呢？”

嵇康似乎早已想过这个问题，阮籍话一出口，他立刻答道：“所谓乐曲不也就是七音的排列么，既然七音是自然之物，无所谓哀乐，那人所能从乐曲中感受的哀乐，多半是源自排列。这排列，却是由排列者的情绪主导的了，所以那哀乐仍然不是音乐的，还是人本身赋予的。

“各个地方有不同的风俗，歌唱或哭泣的原因并不相同。假如把引起哀乐之情的音乐交错了在这些地方使用，那么说不定，有的人听到了使人哭泣的音乐却高兴起来，有的人听到了使人欢欣的音乐却悲伤起来。音乐由七音排列，情感只蕴于形式，并不在音上。形式也好，排列也罢，若是能因为地方风俗不同，让听的人有不同的情绪，不是更加说明，人自音乐得来的哀乐盛衰，也是只发自自己的内心么？”

“不不不，”阮籍反驳，“不同的音乐有不同的排列韵律，从而让人有不同的感受，这个不假，你说哀乐源自于此，我却还是不认同。在我看来，

这只能说明，欢乐的人可以回到音律中的悲伤，哀戚的人也可以明白音律中的愉悦，所以音乐必然有自己的哀乐。只是有的人偏重于理解悲哀的一面，有的人则相反而已，这样又怎么能说音乐没有哀乐的情感呢？”

“音乐固然是有变化的，”嵇康缓缓答道，他似乎下定决心今天一定要把阮籍辩倒，神情已经不由自主地严肃起来。“但是，这也跟听音乐的人当时的心态有关系，对音乐的哀乐的理解，其实源于人内心的哀乐。否则宴饮集会之时，一曲奏出来，有人开心有人哭泣，难道是音乐对一些人展示欢乐，却对另一些人表达哀怨么？音乐是始终如一的，并不会控制哀乐的情感，只能说对音乐的理解会受到当时心情的影响，但是音乐与心灵绝对是不相干的两件事，何必非要说音乐体现了盛衰哀乐呢？

“若像你所说的这样，那在悲伤的人面前演奏《鹿鸣》，这虽然是平缓的音乐，虽然并不能让他转悲为喜，也不会让他更觉得悲伤，就像在冷屋子里点一个火苗，不会让屋子暖和，但是也不会更冷，听了音乐大哭的那些人，本身就心里想哭的，根本不是好好的心情，听了一段哀曲就能莫名其妙哭出来。这显然都是有着自身的问题，才强加了哀乐之分给音乐。”

阮籍突然想起一事：“你还记得我那次大醉

六十日所做的《酒狂》，你那时不也说，必得我这样醉过，才能弹出那曲子的韵味？人的情绪，无非就是喜怒哀乐，嬉笑怒骂，听到齐楚的曲子很少有放声大笑的，这肯定是因为齐楚音乐本身带着哀伤，所以说音乐是有哀乐之分的。

嵇康笑着摇头："是呀，这不是更说明音乐本身没有情感？否则你那《酒狂》，就算是山野村夫来，照着谱子弹了，也该有你弹的感觉呀？明显不是这样。人的感情受哀乐的影响，哀乐发展到极致，会趋于一致。哀泣不违背常规，然而放声大笑不容于礼仪，听齐楚的曲子未必没有开心的，只是……哈哈，不好意思放声大笑而已。"

嵇康那最后一句，已经近似调侃，阮籍也不禁逗得笑了出来。

辩论到这个程度，阮籍已是强弩之末，其实更深的原因，是他对自己最初的信仰已经不再坚持……

但他还是最后说了一句："孔子曰，音乐可以移风易俗。叔夜，你说音乐不带有感情色彩，那它怎么能改变人的行为习惯？"

嵇康也明白，阮籍已经对自己问的事物心灰意冷了。

他答道："移风易俗……还不都是礼乐崩坏后提出来的。上古圣人，比如尧舜这样的贤君，其实都是顺天意无为而治。臣子各司其职，人民恪守本

分，那时候的《九歌》、《九章》之乐，韵律无不平和舒缓，大家也接受这样的音乐。

“但是……风俗人情，难道可以凭借音乐就能影响么？”嵇康摇头。“这根本是颠倒了，有怎样的风俗人情，才会流行怎样的音乐，并不是先有了音乐格调，才带动的风俗。在位者宣扬礼乐教化，只是借机把百姓聚集起来，百姓被教化，与其说是官办乐府的功劳，还不如说是经史子集、孝悌故事起作用了。

“自古君王都爱面子得紧，明明是想掌控天下人心，又不愿意明说，偏偏说什么礼乐使人心自然向善，朝廷这么说是为了彰显身份，好似人心都不是朝廷强求来的，都是自然归顺，臣下这么说当然是要顺朝廷之意。久而久之，人人都道礼乐教化。史家常用音乐来比喻王朝盛衰，其实这是为了警戒君王，同时用音乐暗喻朝政，才能使自己不至于获罪。都道靡靡之音会使朝政荒废，然而若不是君王不思进取，谁又能只凭音乐就左右庙堂风气呢？风俗败坏不是因为音乐，而是因为朝政败坏。音乐对于人的品行没有影响，不同社会风气下的音乐其实没有好坏之分哀乐之差，但是百姓被教化得久了，朝廷怎么说，自然就怎么认为，代代相传，才会说音乐包含了盛衰哀乐。”

他这一番话，在那个时代说出来，不可谓不大胆。这已然是对皇权的不满，对千百年来自上而下人心控制的不满，虽说是论音乐，却早不只是论音乐，更是他二十年来不断疑惑，不断思索之后，对生命的探问。

阮籍也已说不出话来。他长叹一声，指着嵇康，唇齿动了几动，又翻转酒壶用力倾倒，发觉壶中已没有了酒。

嵇康忙丢了自己的酒壶过去。

接过酒壶，阮籍反而不急着喝，他看向嵇康，许久，才道：“叔夜，你真是千古一人啊。与你相识，我也不枉了此生了。”

耳房内，韩氏也这般想着，悄悄离开了。但此时，天已微明。

次日，山涛问起韩氏，对自己两个朋友有何评价。

韩氏心直口快，直接说道：“这两个人，真是才学风范俱佳，你能与他们成了朋友，真是不枉了此生了。”

山涛刚点了点头，便听韩氏又道：“只可惜，你的才智情趣呀，比起他们差的远了。”

这话一下子梗得山涛满腹郁郁，委屈地看着妻子。

韩氏一下子被丈夫委屈的表情逗乐了，一边替山涛整理衣冠，一边说：“老头子发什么恼，你自己看看，这两人的才学别说你了，当世也没几个人及得上啊，但是他们会与你成了知己，这不是说明你也不一般啊。”

帮山涛扎上腰带，接着说：“我想，这是因为你是最有见识气度的，他们也是钦佩你这样的见识气度，才会和你交好。人各有所长嘛。”

这番话又说得山涛开心起来，像小孩子得了糖一般，喜道：“不错，他们也总认为我的气度胜过他们啊！”

若是阮籍、嵇康看见平日里那般老成持重的山涛，在闺房中这般样子，只怕也要吃惊不小了。

在山涛家住了两日，初八，嵇康二人各自辞行，驱车回家准备过上元节。一路上，嵇康的心思还留在前天夜里对于声无哀乐的辩论上。他打算回去便动笔作一篇《声无哀乐论》，把自己和阮籍的问答润色一番，写将出来。

到了谯郡才下马车，他便发觉气氛不对。一路进去，人人脸上都是惶恐凝重的表情，待到见着大哥，他更是吓了一跳。

嵇喜两根眉毛几乎要搅在一起，正在屋里踱步，每一步踏出都慌张急促，双手一会儿紧紧攥拳，一会儿毫无意义地在空中乱挥。嵇康自有记忆以来，从未见过大哥如此失了方寸。

他忙上前，正要开口，嵇喜见他回来，一个箭步上前攥住了他的手臂，吼道：“快，快准备辞官！只盼来得及……你应该是不妨的……但……走一步算一步了！等风头过去，回了洛阳就赶紧辞官！”

嵇康也不禁紧张起来，隐隐知道定是有什么祸事，却又暗自期盼不是如自己所想的一般，忙问：“大哥先镇定，这到底是如何了？”

“你还不知道么！”嵇喜重重一跺脚，“昨日皇上御驾离了洛阳，去往高平陵谒陵，曹大将军与其弟中领军、武卫将军、散骑常侍都随驾前往了，才出了洛阳不久，司马太傅就……就上奏永宁太后，请废曹氏兄弟！”

嵇康一震，几乎立足不稳，反手抓住大哥的手臂，问道：“现下如何了？”

“现在还不知局势会……如何……司马太傅藉皇太后诏令，已封了洛阳城各处城门，他虽无兵权，威望却在，在城中登高一呼，立即收罗了一批旧部，占了武库，已然控制了所有兵器物资，现在屯兵在洛水浮桥。”

“登高一呼？太傅不是重病么？”

“什么重病！据城外瞧见的人说，前日在城上看见太傅，身子骨好得很，全无病态！”

“但……但兵权不还是在曹大将军手里？太傅又能如何？”

嵇喜瞧着弟弟，叹道：“司马太傅何等样人，他一进宫便上奏太后，请废曹氏兄弟，行太后诏令，任命司徒高柔行大将军事，王观行中领军事，接管了军队……现在……曹大将军才是没有兵权的

……”

“可皇上呢！皇上还在高平陵与曹将军一起啊！”

“是啊……现在也不知会如何……打探消息的人还没回来，还不知道……”嵇喜汗如雨下，提袖抹了一把，“只盼不要牵连到咱们家就好……”

嵇康默然不语。

他宽慰了大哥一番之后，进了卧房，长乐亭主坐在榻上，也一脸惶然。这也是他从未在妻子脸上看到的表情。

他走过去，手轻轻搭在妻子肩上。

曹璺仰起头看着他，伸出手去，先是拽住了他的袖子，随后整个人靠在他怀里，身子微微发着抖。

“若是这一遭没事……”她说道，“辞官吧。”

嵇康探出手搀住了她的肩。

他想开口安慰她，嘴张了张，却说不出半个字来。

有一种深深的无力感，自心底涌上来，深深攫住了他。他突然发现，自己珍惜的一切人或事物，原来随时可以因为当权者千里之外的一个决定，轻易被置于动荡不安之中，甚至，他想起了那一句“人为刀俎，我为鱼肉”。

他本以为自己是可以自在随性的，可以不惑

于名利，不屈于权势，现在却发现，自己想的，还是太天真了。他早已经被千丝万缕地扯了进来，原来，连生杀大权都是由不得自己。

生于这个乱世，怎可能有真正的自在随性，所谓的自在，不过是如孑孓一般，无人留意时苟且偷生罢了。

有种东西从头顶上压了下来，自上而下压住了他，让他喘不过气来。他想逃，却恍然发现，不知道能逃到哪里去，哪里不是这样呢？他既不愿意折了自己的节气，去逢迎讨好，也不愿意梗着脖子，让全家人一起送命。但是，活下去，真的能由得了自己么？

嵇康不禁佩服起阮籍对时局的洞察——他竟在正始九年便察觉不对，毅然辞去尚书郎的官职。

想起阮籍，他又想起了阮籍那一次的穷途之哭。当时，他只是有感于嗣宗的迷惘和悲哀，现在他自己也想哭。

但张了张嘴，什么声音都发不出来。

就像无数亡于天灾人祸的孑孓一般，什么声音都发不出来。

司马懿所发动的这一次政变，史称“高平陵之变”。

曹魏中后期，世族大地主代表人物司马懿的地位日益显要，明帝时官至太尉。明帝卒，司马懿与魏宗室、大将军曹爽共执朝政，政治矛盾日益尖

锐。曹爽表请将司马懿转为太傅闲职，明升暗降，剥夺其军政大权，又安排心腹何晏、丁谧等人执掌机要，竭力排斥司马懿在朝中势力。司马懿装病不起，有意麻痹曹爽，暗中策划。正始十年（249）正月，司马懿乘曹爽兄弟随魏帝祭扫明帝高平陵（在洛阳南）之机，发动政变。夺取武库，派长子司马师屯兵司马门，自己和太尉蒋济出屯洛水浮桥，断绝曹爽归路。又迫郭太后（魏明帝皇后）下令废曹爽兄弟官职，先声夺人。派人送奏章给魏帝，要求罢免曹爽兄弟。曹爽犹豫不决，最终为求活命而同意交出大权，以侯还第。数日后，司马懿以谋反罪名族诛曹爽兄弟及亲信何晏、丁谧、毕轨等人。自此以后，曹魏政权实际落入司马氏集团手中，具体经过为：

初六，夺兵权，屯洛水，封城门。

初八，劝降曹氏兄弟，迎归皇上。

初十，颁皇上诏令，以谋逆之罪，将曹爽兄弟及其亲信何晏、邓飏、丁谧、毕轨、李胜、桓范等下狱，以大逆不道罪斩首，并夷灭三族。正始名士，拖家带口的，杀得一个不剩。

最后的结果就是：斩草除根，干净利落。

司马懿是久经沙场过来的人，他的对手都已经死了，要么死在他手里，要么敌不过他，耗死在时间里。他放眼天下，谁能是对手？

他又恢复了大将军的头衔。

于是，正始十年的正月，整个洛阳城，笼罩在一片腥风血雨当中。转眼间，成千上万的人死在了这个正月的洛阳。朝野之内，人心惶惶，人人谨言慎行，生怕不知道什么时候，屠刀便落到了自己的头上。曹爽当权时带给洛阳的浮华风气一扫而空，换之则是凄迷、恐惧。

到了二月，改元嘉平，但谁都能看得明白，何谓“嘉”？何谓“平”？不过是腥风血雨之下的粉饰。

嵇康、山涛等人，总算是暂时躲过了这次祸事，纷纷辞官，重新回到山阳隐居。五月，阮籍被征召，很快又辞官，躲回了山阳。

近年与阮籍交好的刘伶、王戎，还有与嵇康交好的向秀，也都俱祸来到山阳。连着阮籍的侄子阮咸，七个人都是颇有才学之人，性情又相投，每日里聚在一起打发时间。

不过，他们决口不再谈论时政，只是游山玩水，饮酒行散。

多活一年，便是一年吧。

“山水之乐？”山涛眺望着远山景致，轻声地问。他不甘，不甘自己的理想抱负一夕化为齑粉，来日方长，他想。

“狗屁山水，喝酒。”刘伶狂呼。他才最是狂放不羁，以酒为生，以酒为乐，旁的，无暇去想。

子房湖上，一叶扁舟。两岸青山相峙，怀抱一弯碧水。

“我前些日子，倒好似遇见神仙了。”自嘉平以来，阮籍神情动作，看着比正始年间更加疏狂。

“神仙？什么神仙？哪里遇见的？”说话之人声音兴奋，确是个十五六岁的丑脸少年，别看其貌不扬，年纪轻轻，眸色华彩非常，正是琅琊王家的子弟，王戎。他在山阳，却不是为了隐居避祸，而是素来与阮籍交好，又仰慕山涛、嵇康、向秀等人风采，常与他们一同游乐。

“神仙是苏门山的神仙，”阮籍笑吟吟的，“我亲眼盯着瞧了，好似还真是半人半仙的，可惜没能捏一把，看看他会不会疼。”

“快讲来听听。”王戎少年人心性，最是好奇，一迭声地催促。

“上个月我那牛车不知怎么的，自己就溜达到苏门山上去了，”阮籍娓娓道来，一扭头，看见嵇康似乎也在凝神静听，“路上碰见个樵夫问路，听见他们闲聊，说山上住了个神仙，嘿，我还有不好奇的，立刻就去寻仙了，叔夜你不是说你认识的人里没有亲眼见过神仙吗，我就见一个给你瞧瞧吧，还真让我瞧见了！”

“你怎知那是神仙？”嵇康微笑，终于开了口。

“我盯着他一整天，他不吃不喝，不动弹，不说话，不是神仙，是什么？”

嵇康略略有了些兴致。

“哦，那你盯着他，也是一天不吃不喝，不动弹，不说话么？”

“我哪儿成。”阮籍一撇嘴，“我在他旁边，大动而特动，那家伙，盘腿在岩石上坐着，我坐了一会儿腿脚便麻了，又起身围着他转，最后干脆箕踞在他跟前，开始和他说话，什么上古旧典故都扯将出来了，上至黄帝、炎帝的清静无为之道，下到夏、商、周三代圣君的仁政，哼哼，他没反应，我又谈起儒家的入世学说以及道家的栖神导气的方法，看看他怎么说，他还没反应，说了一天，直说的我口干舌燥，他别说开口了，动都没有动一下。”

“这真是神仙吧！”王戎惊呼。

“后来呢？”嵇康却问。

“后来，哈哈哈，他还是说话了。”阮籍得意地大笑了一声。“你们知道，我除了弹琴喝酒，更喜欢长啸，我便对着他，扬声长啸，这他才说了话。”

“说的什么？”

阮籍挠了挠头，神色有点赧然：“他说，再啸一声。”

片刻寂静。

随即，舟中七人纷纷大笑出声，向秀指着阮

籍，笑得说不出话来，王戎身子都笑得滚倒，连山涛都不禁莞尔。刘伶最是豪迈，直笑得声音传彻湖面，水面似乎都震动了。

嵇康一边忍笑，一边问道：“那你又啸了么？”

阮籍一拍大腿：“那还有不答应的！多难得神仙想听我长啸，我心想，那就啸吧，一边往山下走，一边长啸，那声音，我自己都觉得声势惊人。后来，我走到半山腰，你们猜如何？”

“如何？”王戎抢先问道。

“走到半山腰，听到上面也是一声长啸，如同鼓乐齐鸣，响彻云霄，震得山谷里都是回音。我扭头一看，正是刚才那个神仙，坐在岩上，还是没动，却在仰天长啸。”

他露出悠然神往的神情。

“若真能成了仙，倒好……可撇下凡尘这些事体。”

嵇康听了，轻叹了一声。

七人直聚到夜深才散，嵇康回了山阳旧居。

卧房里，曹璺早已睡下，他躺下，轻轻帮妻子掖了掖被子，却见她肩背僵直，原来只是装作睡了，不想与自己说话。

他又是轻叹一声。

曹璺恼他什么，他是知道的。

自来了山阳隐居，他心中苦闷，只能寄情于山水，与山涛、阮籍等人混在一起，往往多日才回家一趟，还总是醉醺醺的，他知道妻子其实也是孤独的、无助的，在这个人生地不熟的地方，只有他一个依靠。而且，虽然贵为亭主，却明白如今连皇上都可能朝不保夕，时刻忧心自己家的江山会不会一觉醒来就改姓了司马，一家老小都被杀光。

身为女子，又不能像他一样，游山玩水，排解心中苦闷。每日只能坐在家中，从日出守到日落，等那个不回家的夫君。

曹璺的伤心，难过，他都知道。但他没办法，他做不到。说他自私也好，不是个好夫婿也好，他现在只有保住自己不痛苦的能力。他只能继续一日日游山玩水，宴饮狂歌。

也许有一天，他终究能纾解了心事，回过身来，求得妻子的原谅，希望那时候，还来得及……

嵇康心中默默地想着。

也只能这么想了。

第八章 只作朝夕存

嘉平四年，公元252年，嵇康三十岁。三十而立，依旧傲骨，依旧疏狂。

钟会带着自己的文章《四本论》去找他，在门口徘徊很久，还是不敢进去，只是把自己的文章扔了进去，就离开了。

再次在山阳隐居下来，匆匆已是六年。说长不长，说短不短，足以让嵇康那个襁褓中的女儿长大。

甚至又添了一个儿子。

已过而立之年的嵇康变化不大，最多是比几年前又沉稳了些。不过，用向秀的话来讲，则是“叔夜素来恬静寡欲，未尝见其喜愠之色”。

长乐亭主的性情却是越来越激烈。渐渐的，她易怒、敏感、喜怒无常。平日无事还好些，但时不时地会刻薄起来。

一次，嵇康捧了棋盘来找她，她正立在窗前发呆。

“许久不曾对弈了，来试试你的棋力。”嵇康满心欢喜地说。

长乐亭主拿背对着他，缓缓道：“嗣宗呢？子期呢？”

“你问他们做什么？”嵇康疑惑，“嗣宗应司马大将军征召，前往将军府任从事郎中，前天动了身。子期家中有事，回了怀县，说是入了秋才过来。从不见你问起这些啊？来来来，许久不下棋，只怕你手生了。”

那时是嘉平四年，司马懿卒，长子司马师为抚军大将军，录尚书事，征了阮籍过去，从此，他再没能辞掉官职、离开司马家。

“我说呢，原来他们都不在山阳啊，难怪你想起我来。”曹璺冷冷道。

嵇康心里一梗，不甚舒服，却没怎么多想。那一日，曹璺终究还是没转过身，推说身上不适，便回房了。

又一次，金乡公主来家，神色郁郁。

自高平陵事变之后，何晏满门抄斩，司马懿又派人去搜捕其家人。何晏和金乡公主生了个儿子，年方五岁，躲在何晏的母亲尹夫人怀里直哭，尹夫

人紧紧地抱着小孙子，边哭边批自己的脸颊道：“都怪我，全是我作下的孽，养出了这样的儿子，求求你们饶过这小孩儿吧！”

司马懿到底还没有明着篡权，把本朝武帝的妃嫔逼到这个境地，已觉着有点怕师出无名，又怎敢再拿皇亲开刀，自然不敢把三族“夷”到大魏朝武帝的亲女儿和亲外孙头上，金乡公主母子总算保住了性命。

她来找她的侄女长乐亭主，原是为了散散心。姑侄两个坐着，说不得几句都是满脸泪水。

“我只道司马懿一死，总算是出了头了，”金乡公主恨恨说道，“哪知他那两个儿子，比他还专横得意，苏铄、乐敦、刘贤这些忠义之士，都已被他们杀了，我只盼皇上快快长大些，亲了政，让他们知道些厉害。”

曹璺长叹一声，哽咽道：“姑姑快别说这些话了，别和任何人提起。只怕……等不到皇上亲政那天了，我看这司马昭，不是霍光，竟是个王莽……到时还不知怎生光景，有没有光武帝那样的人才……自来成王败寇，想我曹家当初不也是如此颠覆了汉室？”

金乡公主悚然而惊，又有些不信。

姑侄二人正说着，嵇康进来了，他原是在黄公酒垆瞧着刘伶喝酒，听家人来报说金乡公主来了，毕竟是妻子的姑姑，家里的长辈，忙赶了回来。一进来，看见几前两个女子攥着手，都是梨花带雨。

那时曹璺正怀着第二个孩子，嵇康给金乡公主见了礼，便宽慰妻子道：“怎的哭成这样，天气热，你有身孕，别伤了身子。”

不料，曹璺侧眼看他，冷冷道：“行了，别说的好像你关心我似的。”

又道：“你回来做什么？没什么事，你就去吧。”

嵇康又是被梗着，最终还是没走，张罗管家安排了午膳，只是，席上他心中不快，冷着面孔，曹璺自然也没给他什么好脸色。

另有一次，则是个月夜，月色正好。他在院中席地而坐，膝上放着琴，一阵拨弄。听身后有脚步身，回头见是曹璺。

月光之下，她肩上轻纱薄掩，长裙曳地，一头乌黑的长发随意披着，清风徐来，衣袂翩然，单薄得几乎要被风吹了去，竟不知几时瘦了这许多。

嵇康心中刹那间涌上万般柔情，千种怜惜，指尖意动，《广陵散》的琴音荡起。

“记得你我初见，也是这样的夜。只不过那一夜，没能见着你的模样，叫我惦记了许多年。”他柔声道。

长乐亭主却幽幽地叹了口气。

“是么？难为你还记得。”她轻声说，声音轻得似乎要托着她的人飘到天上去了。“我倒是已经

忘了，原来……还有那样的时候啊……”

说罢，转身离去，留着嵇康在原处，弦音凝滞了，整个人，如同当头被浇了一盆冷水。

如此，从嘉平元年到六年，这样的事情不断发生。

嵇康渐渐疲惫了，他害怕同曹璺说话。他觉得，妻子这样似乎是自己的错，却又不知该怎么做才能让她欢喜起来，好像怎么做都不对。有时候两人又会一起开心起来，不知哪句话说不对，又会见她冷下脸来，变成一个叫他诚惶诚恐、不知如何应对的人。

不但疲惫，他还有浓浓的挫败感，发现自己怎么也不能让自己妻子欢喜的挫败感。

他开始躲着她，开始不再主动邀她弹琴下棋，明知道这样只能让她变本加厉地易怒，却实在提不起精神应对。他并不想照应一个需要时时留意脸色，小心伺候着情绪的女子，那样实在不是他了。

“那还不简单，妇道人家小性子，理她作甚！”刘伶这样说。

“嫂夫人是有什么不开心么？不妨问问她吧。”向秀虽比他小，却似比他更懂得女人似的。

“叔夜，你这般才干，怎么安心长居山阳呢？弟妹多半是因为这个不痛快了。”山涛猜测。

“女人嘛，多哄哄就是了。”阮籍的侄子，阮咸，一向风流。

众好友出谋划策，最后，还是纷纷大醉了事。

幸好，儿子嵇绍出生后，占去了曹璺大部分的注意力。

在山阳的日子，就这般平和却又不平和地过着。直到嘉平六年，司马昭遣了人来，请嵇康出仕当自己的掾吏。

这大概是因为，最近又出了件大事。

当朝天子，因为与几个大臣商讨，要诛杀大将军司马昭，事情败露，被大将军“废”掉了！从此，皇上变成了齐王。而在高平陵之变时，因为妹妹嫁给了司马师而侥幸留住性命的夏侯玄，因为“欲帮助皇上诛杀大将军”，终究还是没能逃过一劫。

另立了宗室子弟，年号也成了正元元年。

司马将军好大的威风。

自高平陵之变后，司马懿权倾朝野，独掌大权，甚至当朝天子对他亦是恭恭敬敬，无尚“褒奖”，又要给他加封丞相，又要赐他“九锡”，还特许他入朝可以不拜。

司马懿却辞了丞相之位，拒了“九锡”之礼。

他知道，自己在嘉平元年这一番排除异己的杀戮，过于惨烈了。虽然，大魏皇室、满朝文武，都已惧怕于他的狠辣和威势，却没有几个人真正信服他，追随他。数年前，各地针对自己的“反逆之

师”此起彼伏。

他缺乏真正的朝中势力——就像当年魏武帝做大汉朝的丞相时，满朝只知有丞相不知有天子的那种势力。

首先，他需要几个真正有名望的人支持自己。正始名士已经诛杀殆尽了，阮籍、嵇康这些人，声名渐渐如日中天。三番几次，司马懿遣人去征召阮籍，就差亲自登门了。

“只怕那时候，就是带兵来杀阮嗣宗了吧？”阮籍不由得不心中嘀咕。

迫于形势，他终究还是奔赴洛阳，接收了司马懿的任命，在司马府一天一天混日子，一直混到嘉平六年，司马昭当了大将军，又开始做司马昭的幕僚。

人人都知，司马府里做事的阮籍，行事颠三倒四，视礼法于无物，他做了篇《大人先生传》，文中直说“天地解兮六合开，星辰陨兮日月颓，我腾而上将何怀”，来讥讽为当权者行事的那些人臣们。人人看见，都道这阮籍过于疏狂放达了。

远在山阳，嵇康在案前看了《大人先生传》传抄的文稿，心下黯然。

“嗣宗……痛苦如斯么……”

这些年来，他其实已经有准备，会被司马氏征召为官。

中散大夫一职，他虽辞了，太学博士的身份却还留着，六年间陆陆续续，也回洛阳开过几次讲，也曾在太学前将自己的文章《声无哀乐论》刻了石经。近年来，也有年轻人跑到他家里，却不是像以往那般，专程揪着他的文章来辩论的，更多竟是来拜师求学，苦苦想成为他的门生。

这样的声望，司马昭怎么可能不来征召他？

但嵇康，却不是阮籍。

说他耿也好，说他不谙世事也罢。他只是淡淡回绝了来人，命管家嵇禄送客，连回绝的理由都不给一个。

送走了司马昭派来的人，闻讯赶至前厅的曹璺上前，神色焦虑，问道："你怎么能就这么回绝？"

"我还能怎么回绝，不去，便是如此了。"嵇康脸上连表情都懒得露出一个。

曹璺半惊半怒："你……你……唉……"

终究是什么也没再说，回了房，牵着女儿，抱着儿子，神色凄苦。

嵇康却又重新开始了许久没碰的打铁。他仅着短布袍子，在院里的大柳树下，一锤一锤，每一下，都又重又狠。

来山阳找他的人权臣贵胄，又开始渐渐多了。他或是打铁，或是在房中读书不应，一一这样打发掉。曹璺初还忧虑，后来发现没办法劝了他，也就不再多说了。

但钟会的来访，却在嵇康的意料之外。他本以为，以钟会现在的地位身份，是永远不会来找自己的。

自正始三年山阳一别，他再也没见过钟会，却一直能听别人提起钟会的名号。钟会此人，当朝中谈玄论道之风最盛之时，他立即结交王弼、何晏等人，虽是家学儒学，论起老庄，竟也头头是道，俨然有名士风范，很快就出了仕，二十出头，便被任命为秘书郎。

但钟会精明的地方在于，他虽偶尔与何晏谈玄宴饮，在朝中，却从来不是曹爽的人！

高平陵之变，以司马懿的狠辣，株连之广，下手之重，竟然都没能牵连到他，不但如此，司马师病死后，他帮着司马昭保住兵权，又多次出谋划策，助司马昭平叛，现在，他已然是大将军手下的红人，一年比一年意气风发，迅速升迁为尚书中书侍郎。

这样一个人，为何还会来访自己呢？他吃了一次闭门羹，为何竟会来再吃一次？当嵇康听管家来报，说钟会来访时，心中疑惑不已。

这一次，倒是没有去打铁，他正在书房内看向秀送来的书稿。

向秀这两年正忙着做《庄子》注，很少来找他了，这不是，刚注好了两篇，就忙着遣人给他送来了，叫他瞧瞧。

只因向秀初有这个念头、想给《庄子》做注释的时候，嵇康便摇头说，《庄子》中的玄言妙旨，多半会被注释弄得僵滞难解，失了原意，所谓“道可道，非常道”，说的便是大道难言，又如何能注释？他又劝向秀，自来《庄子》就没有好的注解，不如不注。

向秀不服，回了怀县，立刻开始动笔。现在送来的便是。

嵇康越看越是叹服，连连称赞，这几天，一直在书房里不曾出来，一是《内篇·逍遥游》第一还没有看完，二是，不想出来与不相干的人说话。

这厢嵇康专心致志继续看向秀所注的《庄子》，外面钟会久等不见主人出来，知道自己多半又被拒客了。

他感觉到自己心底，一阵紧扭，又是一阵茫然。

为何会如此？他自己也不明白。

手中攥着自己刚写好的《四本论》，有点发抖。他恍然回到了二十岁的那个下午，苦等了两个时辰的那个下午。

不由自主地，他自己绕过屏风，进了院子，嵇禄急忙上前拦他，却被他推开。

“嵇叔夜在哪间屋子里？”他问，惊讶地发现自己声音里没有任何情绪。

嵇禄也不敢再拦，引这这位当朝的中书侍郎来到书房门前。书房的门紧闭着，一点声音也无。

许久，轻轻的，似乎是茶盅落在案上的声音。

再许久，更轻的，钟会似乎听见了嵇康翻动书页的声音。还有一阵刷刷的响动，似乎是毛笔在纸上行走的声音

“我为什么要站在这儿？我年轻有为，文韬武略，正当盛年，司马将军赏识我，正前途无量，我什么不比这个嵇康强？我为什么要站在这儿？为什么想让他看看我这篇《四本论》？”他心中不断问自己。

他听见自己的呼吸声。

似乎还有嵇康的呼吸声。

手攥得更紧了，几乎要把他手中的文稿攥碎。他觉得自己好像又开始发抖了，低头瞧，并没有，身形稳稳的。

那是怎么了呢?

继续立着，他突然发现自己什么都听不见了。伸出手去，想推开门进去。但是，说什么呢？久闻你嵇叔夜大名，这一篇《四本论》还请指教？或者是，你嵇康太狂妄了，可知我是何人，竟如此闭门不纳！

他伸出手，又缩回来，如是反复。

“钟会啊钟会……这屋子里的不过是一个区区文人，身份地位，都不足与你相提并论，你为何如此在意他，如此……”

他忍不住在心里暗暗责骂自己。

钟会认真地想着这个问题，认真地凝听书房里的一切动静，以至于他没有发现身后，曹璺悄悄立在回廊后面，目睹了这一切，又悄悄离开了。

最终，钟会还是离开了，这一次，他也不知道自己站了多久。

走之前，他把《四本论》的文稿从书房的门底下塞了进去。书稿塞进去的一霎那，他突然十分紧张惶恐，生怕嵇康竟突然推开门出来了。

甚至不敢再多留一会儿，他匆匆便走了。

千百年后，天下人如何评说他的两次访嵇康，钟会本人是再也听不见了，但是，在书房门外那不知多久的苦等，那小心翼翼、诚惶诚恐地塞书稿到门下，还有那随后显得如此羞赧的“逃离”，究竟他是怎样的情绪？

后人不知，只怕钟会自己，也不会真的明白吧。

嘉平六年书房中，聚精会神看着《庄子注》的嵇康，当然更不知了，而且，完全不在乎。在他心里，钟会这个人如何如何，全然与自己无关。

他认认真真看完了向秀为《庄子》所做的这两篇注，心情激荡不能自已，恨不得向秀此时就在自己面前，好让自己当面称赞一番。于是他立刻拽过纸笔，洋洋洒洒写了数页的信给向秀，先是自责自己之前的劝阻，称赞文章之妙，最后又点出了一些

他想到的问题。

叫来一个家人，遣他把信送去，这才发现天色已晚，自己竟在书房盘桓了一下午。他起身，看见门边落着一沓皱巴巴的书稿，捡起来一看，俨然写着钟会的名字。

他又回到案前，认真看了起来。直至深夜。

最终，释卷长叹。

文章是好的，所论者，才性同异传于世。所谓四本，乃是言才性同，才性异，才性合，才性离四种情形。虽然算不是多么才华横溢，文辞也未见精准，比起酸儒文人，却也一番思辩，颇有见地。

虽然略有赏识，但是嵇康还是不打算让钟会知道自己如此认真地看过他的文章，也不打算回信、回访，或是做任何和钟会往来的事情。只因为钟会，现在是司马氏的亲信。而且，和阮籍的迫不得已，大不相同。

他十分确定自己不想再和那些权臣达官有任何牵扯。只能说，道不同不相为谋吧。

嵇康把文章梳理整齐，妥善收了起来。

当夜他刚一躺下，便听见身畔曹璺说道："今天你可知道，你让中书侍郎钟会等了多久么？"

语气竟然十分不善。

"多久？"嵇康一怔。

"我知道，再劝你多少次，你也不会听的，"

曹髦重重哼了一声，“偏要这么任性而为，也不管对方是谁，一味这般漠然回绝，你自视清高么？是不是要把朝中的人得罪遍了，你才会觉得可以了？”

嵇康便是再好脾气，也不禁怒了。何况，他本不是什么好脾气，只是很少发怒罢了。

曹髦的话还没完，只听她声音越来越高。

嵇康突然惊讶，她的声音为何听起来这么的刺耳？

初见时他便是被她的声音吸引，那略带低沉、气息均匀、音色浑圆、咬字清楚的声音，那虽不清脆但是他每每听见就会发一阵子呆、只觉得若能一生听着这个，定是不知如何的心旷神怡的声音。

现在，这声音竟然会这么刺耳，撕扯着夜色，比他打铁时锤子击打在铁砧上的巨响还要让他烦躁、心慌意乱。

“这个不见那个不见，随你，不想出仕，随你，为什么偏要用这种最得罪人的方式？嫌自己命长？”

她说着，他听着。

“你是名士，你清高，你恃才傲物，是不是以后我也要被赶出去不见？啊，我忘了，你好像早已对我不怎么理睬了吧？是觉得我这个身份将来要给你带来灾祸吗？原想着娶了个亭主，现在看着情形不对了吧？”

她说着，他却不想听了。

“觉得要引火烧身了吧？你想休了我么？还是就这么冷着我，看看我什么时候会自己自杀？”

她已坐了起来，声音发颤。

“其实我有时候真的很想自杀了。真的。你知道我不快乐么？能感觉我不快乐么？还是你根本就觉得这与你无关？我也不想这样啊。”

猛地起身，嵇康披上了衣服，头也不回出了卧房。自此直至生命的最后一天，他与长乐亭主，再未同房。

只余长乐亭主独自在黑暗中，心冷如灰。

自此，外人看来，嵇康似乎是对老庄之道越来越痴迷了，数年来，他时常入山采药，连月不归。回到家中则宿在书房，或阅友人书稿，或撰自身见闻。有一阵子，他甚至在洛阳住了四个多月，日日到太学讲课，直到司马昭听说他在洛阳，忙去请他，他立即掸掸衣袖，转身就走了。

一躲就躲到了河东。

原来他对阮籍同他说过的苏门山仙人早已神往，既是四处云游，不妨去苏门山瞧瞧。

一路驱车，地势渐渐高了。河东地势本是一马平川，待到进了山，兀地拔高，比在山下也略冷了些。入山更深些，抬头能见西北方向诸峰云雾缭绕，隐隐却似有点仙气的意思。

再往上走，行了三四里，自己也已经进了云雾里，反倒不觉着云雾了，只是远眺有些朦胧。偶尔有水声作响，循声而至，几处瀑布，大大小小，连绵不绝，一路从西北沿着山势而下，或碧波荡漾，或倾泻湍急。

嵇康一路入到山里，却始终没见到阮籍说着的神仙。

当晚他借宿在一家樵户。

次日下了山，在河东住了几日，一番打听，终于有一日，当地一名乡里的长者听嵇康问起，便说了山上却有人住，只怕不是神仙。

“神仙？不曾听过谁见了神仙，倒是来了个寻仙的。那人，名叫孙登，也不知是哪里人，不是神仙，不知何年何月来了这里，听说原也是来寻仙的，常与人讲《易经》、《老子》、《庄子》，有时安闲无事，弹琴自娱。他还时常对天长啸，啸声惊天动地。后来，在山里挖了个土窑居住，自己种种菜打打鱼，下山换点东西，慢慢也就和村人熟了，他性情温良，山里的樵夫、农人与他相熟后，从不见他着恼，纳闷了，故意捉弄他，把他丢入水中，想要瞧瞧他如何发火。”

“他发火了么？”嵇康问。

“没有，他从水中爬起来，哈哈大笑，笑得村人不好意思了，主动与他赔不是，他还只是笑笑了事。”

虽不是神仙，嵇康对这人，却更是神往了。问明了孙登那土窑的所在，他备齐行囊，再次入了山。

这回一直走到日头偏西，终于，山水林木掩映之间，似乎看见一人。

水边一块圆圆的大石，其上甚是平整，正有一人躺在上面，草衣芒鞋，披头散发。那头发也不知多长，站起来只怕到了脚踝，冬天披在身上，多半能保暖当做被子盖。

嵇康再走近些打量那人，见他躺在石上，歪歪扭扭，却似舒服自在得很，闭着眼，脸侧着，对着湖的一面，也看不清表情，呼吸倒是十分均匀。

他也走到石上，坐了下来，不看那人，只望着水面出神。

眼看太阳快要落了下去的时候，那人突然睁开了眼睛。却是个十分温和的眸子，暖暖的，仿佛永远带着笑意，多叫他看几眼，都会不由自主跟着他笑起来，然后又不知道自己笑什么。

只见那人站起身来，身量不高，有些瘦小，一张脸却圆圆胖胖，高耸着颧骨。笑眯眯看了嵇康一眼，也不说话，弯腰提起脚边的鱼篓和鱼竿，一摇一晃走路似是歪歪斜斜，偏生稳当得很。

嵇康也站起身来，随意一瞥，那鱼篓盖着，不过瞧着很沉，大概满满都是鱼。他跟着那人，心中已确信这便是孙登。

果然，那人提着鱼篓，歪歪斜斜，走到了一处土窑前，正是嵇康打听到的位置模样。他跟着进去，里面有简单的一些器物，地上铺着些草，看着端正些的东西，是一个书箱，一把琴。

他再次打量孙登。只见他掀开鱼篓——果然里面满满的是鱼——将其中的鱼都倒进了一只水缸内，随后又徒手抓出来一只，看了嵇康一眼，又抓出来一只。去鳞破腹，不一会儿便把两条鱼清理干净。

又出了土窑，外面简单堆成一个土灶，孙登一抬手，便把两条鱼丢进了灶上的锅中煮着。

若不看眼睛，嵇康也许只觉得这大概就是个普通的渔人，或是樵夫农人什么的。

那眼睛却让他觉得不是。在这世上，他大概再没见过什么人有这么自在、这么无拘无束的目光了。这是让他羡慕不已的目光。他多想也一直不曾沾染了尘世的争端，而保持这样一份闲散啊！可他，再也不能了。但是，这一刻，为了这目光，他竟决定不离开这里了。

第九章 把盏话经年

甘露元年到甘露三年，公元256年到公元259年，三十四岁到三十七岁。

这三年，他在苏门山上，同孙登学道。

是的，学道。虽然，这三年中，孙登一句话都没有同他说。

“我在这儿住了多久了？”

“甘露元年上得山来，现在，只怕已甘露三年了吧。”

“我为何会在此住了这么久？”

“因为从未见过这世上还能有人生活得如此快活，仿佛世上一切烦恼都与自己无关，即使不是神仙，又同神仙有什么区别？”

“那我为何还不走？”

寂静。

“因为，这三年来，孙先生，你未尝开口同我说过半个字，叔夜愚钝，不知何故。”

孙登笑吟吟看着嵇康。

“到现在，孙先生还是不肯同我说话，是么？”嵇康且笑且叹。叹，却似是欣喜的叹，笑，却似是愁苦的笑。

“就算每日里，你听我在这儿学了你的口气自问自答，也还是不肯同我说话呀……”

不错，孙登从未和嵇康说过话。即使是现在，嵇康随他住在这儿快满三年，孙登也还是从没有开口。

嵇康本也不是话多之人，无奈叫孙登一对比，仿佛他喋喋不休似的。到后来，已经开始猜着孙登的语气，每日自己同自己说话。仿佛这就能叫孙登开了口。不过，事实证明，不能。

最多只是笑得更和蔼可亲了些，让嵇康不由自主也跟着笑。

嵇康感到郁郁不平的是，他分明听见过孙登和旁人说话。比如，一两个月，孙登会带了打来的野味鲜鱼下山换粮食，那时候分明是要和人讨价的。虽然，就说了几个字，好歹也是说了话的。

再或者，又一次，一个看着仙风道骨却衣衫褴褛的道士跑来了，抓着孙登的琴便塞在他怀里，孙登一脸无奈，仍是笑吟吟的，弹了个曲子与道士

听。道士听完，仰头笑得十分畅快，孙登也陪着笑得十分畅快。

虽然没有说话，好歹也是对着那个人发出声音的。

那一天那道士笑够了，跌跌撞撞跑下了山。嵇康却注意起孙登的琴来。他想起自己也许久没有弹琴，不禁技痒。

于是盘膝而坐，看着孙登。

那时他已在山上住了年余，孙登虽不与他说话，却对他十分和善，打猎挖菜换粮食样样都会带他一份，见他如此，当即欣然一笑，把琴放在嵇康膝上，自己箕坐于地，一脸倾听的神态。

嵇康奏的是《广陵散》。

他觉着这应该是自己把握这首曲子最好的一次。

指尖触到琴弦的瞬间，嵇康便不是嵇康了。耳中再听不到旁的声响，风鸣，叶啸，万物恍如都融化进这琴声之中，天地之间，便只余他一人抚琴。

他识得那乐律，乐律便是他，终于再分不得丝毫界限。此时若有旁人，只当听得这聂政的苍凉无奈，秦王的独步天下；聂政的孤注一掷，秦王的金戈铁马；聂政的腹背受敌，秦王的绝处逢生……

他气息渐渐不稳，最后，身子都有些晃动。

聂政，秦王。

《广陵散》，抑或不是《广陵散》？也许是他自己的心曲。

谁主天下大势？谁掌生杀大权？何为正何为邪？何为儒何为道？诸般典籍无不言之凿凿，圣人如何治世、如何万物顺服，千百年来何尝有过？有的只不过是征战权谋，周而复返。哪一个人在世间能真的自在，不再挂怀外物，不再为功名利禄所累？他寻了半世，终究是寻不到么？

“铮”的一声，琴弦崩断。

嵇康自己也吓了一大跳。他立刻又记起这是孙登的琴，倒教自己弄坏了，忙抬眼向孙登看去。

孙登脸上倒没有怒色，笑意，却也敛去了不少，看着嵇康，流露出一种说不清道不明的神情，笑眯眯的脸上，首次出现决计不是笑的表情。嵇康仔细辨认，发觉那竟是悲悯、同情的神色。

看着这样的眼神，他心中一紧。

只见孙登把琴接了过去，虽是崩断了一根弦，他却似毫不在意，捧着断了弦的琴，下山去了。临走前又是看了嵇康一眼，同情之意更盛，隐隐还有些许无奈，些许叹息之意。

“这是怎么了？”只余嵇康一人在土窑里时，他趺坐着，闷声问自己。随后，就是不断地想，挖心挖肺地想，想自己的琴音和孙登所弹究竟不同在何处。一直想到孙登捧着琴又回来了，断弦也已经续上。

此后住在山上，又是一年多，嵇康时常会想起

那一次的事情和孙登当时的神情。后来，他也不再去想了，整日里也是随着孙登一起打猎抓鱼挖菜，慢慢的，须发也长乱如毡，任谁也看不出这是那个名冠天下的美男子。

孙登平日里打猎捕鱼，每每不知何时，会突然择地而坐，悠然地随意一躺，四肢也不找舒服位置，歪成什么样子，就是什么样子，躺到高兴了，再起来接着走。

或者他会突然对着山壁长啸一声，或大笑几声，更有甚者，哇哇大叫也是有过几次的，只是不曾见他哭过。

看着孙登笑眯眯地在山中如此自在地活着，嵇康不禁在想，这个人为何能这么快乐，这么自在？是因为他的这种生活么，那为何自己在这里住了将近三年，还是没有这样的心境？他发现自己已然在心底隐隐地牵挂着妻子儿女，牵挂母亲兄长，还有向秀、阮籍他们，也不知怎样了。

他虽写了《养生论》，不过却发觉，自己也不能超脱于常人，有些情感他放不下。他想，枉自逃避了现实一次，又终究不能真的放了现实的牵绊。所以，他只能是他，孙登也仍是孙登。他恐怕难以拉近与之的距离了。

如果可以，他几乎想要也像孙登这样在山里生活下去，寻个答案出来。但他终究还是决定要离开了。

“孙先生，今日我便要下山了，先生难道竟无临别赠言吗？”他看着孙登，一脸恳切。

孙登瞧着他，脸上又出现了那时的那种神情。

悲悯？同情？

为何！

嵇康动了动唇，想说什么，最终没有开口。他拱了拱手，再一次告辞，转身欲走。

身后却是一声，“叔夜，留步。”

他一震，尚未来得及回身，听见孙登又道：“你确实是才华横溢，只是，与人情世故上，却一窍不通，表面上温和平淡，实际上性烈如火，这般性情，我只怕你难免误身于当今之世，望你慎重。”

听完这段话，嵇康沉思良久，

孙登又道：“火生而有光，如不会用其光，光就形同虚物，重要的是在于能用光，光就能发生作用。人生而有才能，如不会用其才，才能反会召祸，重要的是在于能用才，才就能利益天下，所以用光在于得到薪柴，可保持久的光耀；用才在于认识获得道德真才，乃可保全其天年。”

“多谢先生。不过，近些日子我已明白，每个人天性若是如何，只怕勉强不来。”

说罢，嵇康不曾回身，大步离开了土窑，离开了苏门山。半山的时候，听见身后孙登长啸相送。

“多谢。”嵇康在心底默默说。

下了苏门山，就像是从神仙居所回到了尘世一般。

他的心境倒是真的同三年前大不相同了。不过他已明白自己是怎样的人，有些事情，恐怕一生一世不会改变。

比如人情世故上的别扭与不肯妥协。但，如果嵇康不是这样，岂不就不是嵇康了么？

马车颠簸了两日，他已回到了山阳家中。见到妻子，他原本有满腔话堆在胸口想对她说，他甚至已上前拉住了她的手。

曹璺却甩开了他的手，神色平淡。

“见见你儿子吧。”她说，脸上是疏离的笑，没有欢喜，没有怨恨。

嵇康一怔，想再上前拉住她，却有一个六岁大的男孩直扑了过来，抱住他的裤脚，连声喊爹，立刻拽走了他的注意力。随后，一个十一二岁的少女娉娉然走上前，笑得甜甜的，也唤他爹。

两个孩子的眉眼，有他的影子，也有她的。等他再反应过来，曹璺已转进了内室。

安顿了孩子，晚上，他想回房，发现卧房门从里面紧锁着。他的眉头轻轻扭了起来。这时，一个他不曾见过的侍女上前，垂首说道：“大人请随奴婢来，您的居所在那边。”

原来他走的这样久了，孩子长大了这许多，家里的下人都换得他不认得了，如今却连卧房也挪了地方，只是不知新的卧房，她是不是在等着他？

当他一人躺在榻上，望着窗子，一声轻叹的时候，他知道答案是：不是。

生活好似回到了从前在山阳的时候，又好似不是。不过，听闻嵇中散返家，前来或是求学，或是相请的人还是一样的。他也还是大多都不去应对。这一次，曹璺却不来说他了。

嵇康反而觉得失落，仿佛巴不得曹璺来数落自己的不是。他想好好找到她谈谈，想试试能不能让两人回到过去的情形，回到最快乐的三年的情形。不过总是有事情让他无暇去处理这个。

先是母亲的去世。

嵇康带着妻儿赶回谯郡老家，与大哥一同办好了母亲的丧事之后，夜里，向来性格才情迥异的兄弟俩坐在一起，借酒浇愁。

“以后就真的是孤儿了，连母亲都没了……”已是五个孩子父亲的大哥说出这句话时，好似格外孤苦，又好似重新变成了那个刚没了父亲的小孩子。

拍着大哥的肩，他自己也难过着，没有办法多说什么安慰他。最后，出口的话竟然也是——

“是啊……真的是孤儿了……”

处理完母亲的丧事，再回到山阳，已是半年后了。然后，又遇见了赵至的事情。

赵至是个聪明好学的孩子，家中先世为代郡望族，后因战乱家道破落，只能靠父亲耕田为生。但是母亲很重视对赵至的教育，很早就把他送入私塾读书。这孩子虽然年少，却十分懂事好学，十四岁便到洛阳太学求学，恰巧遇见嵇康。

那时嵇康正在太学门前刻写石经，刻的是自己在苏门山这三年，在山上写下的《春秋左氏传音》。

赵至立志做嵇康的门生，嵇康见他聪明好学、头小而锐，瞳子白黑分明，颇有秦代大将白起的风范，便收了他做门生。

安顿好赵至，已是景元元年。

好友山涛由大将军从事中郎迁任吏部侍郎，举荐嵇康代替自己的位置。

原来早在嘉平五年，山涛便有意重入洛阳，后来见阮籍迫不得已应召前去司马将军府，他念及自身抱负，果断决定出仕，他本就声名远播，被举秀才，除郎中，累迁尚书吏部郎。

嵇康只是自己不愿给司马氏做官，两个好友出仕，他却不甚在意，只认为，那是他们自己的选择。就像不出仕是自己的选择一般。

却怎么也没料到，山涛明知自己的选择和坚持，竟还会举荐自己！他当即心下有些恼怒，心中想，我与你山涛贵在相知，这么多年了,你还能不明白我的内心？

心念一转，却又有些奇怪。

正如他所想，对于嵇康的态度，山涛最清楚不过了，又怎么会做出这么令人费解的举动？

他不动声色，又问嵇禄道：“山侍郎还有什么信捎来么？”

“没有，不过……”嵇禄摇头，又迟疑片刻，“有一句口信。”

“怎样？”

“山侍郎遣人来说，再不出仕，只怕有祸事了。”

嵇康心下怅然，明白了山涛的意思。显然，山涛跟在司马昭身边，自己知道司马昭一次一次征召自己不果。多半这几回，司马昭已经露出了不满的意思。毕竟，嵇康这几年在太学门生逾千，《释私论》、《太师箴》几篇文稿流传出去，声明愈加显赫，隐隐已是当世名士之首。这样的大名士，三番两次拒绝司马昭的征召，他脸上显然是挂不住了。

嵇康心领了好友的好意，不过，还是拒绝了山涛的举荐。

自苏门山上下来，他已明白了一件事。

也许自己有苦闷的时候，也许自己有不谙世事的地方，但是，这才是他自己的本心。

就像孙登，他那样的性格，在山中隐居是最快乐的。但并非所有人如孙登一般生活，便会像他一般快乐。因为旁人是旁人，不是孙登那样的性格了。

对嵇康而言，现在自己所做的选择，就是顺着自己本意的。他已明白，自己永远没有办法像阮籍、像山涛那样，或委曲求全，或随波逐流；也没有办法像孙登那样，完全抛开世间的一切去隐居。

他就是他。就是嵇康自己。

于是继续在山阳居住着，最多，偶尔去太学开开课。

许久不见的好友吕安突然来访，神情却十分不对。

一见到嵇康，他勉强想扯起一个笑容，却让脸上的表情扭曲成了一个古怪的样子，然后开了口，用有气没力的声音说道："叔夜，好久不见。"

嵇康望着他，又是担忧又是疑惑，他们二人也只是四五年没见，却没想到吕安变化大到这样，只见吕安整个人，比起上一次见面，不知道消瘦了多少。由于不知道遭遇了什么事，以至于吕安的样貌似乎都与之前不甚相同，原本潇洒孤傲的脸上，此时满是沮丧和沉痛。

在嵇康的想象中，是绝对没有见过吕安这个神情的。

此时，吕安看起来完全没有了生气，整个人，像是已经一只脚踏进了坟墓里。神色灰白，两鬓斑白。

吕安见嵇康不答，抬头向他望来，见嵇康的

神色，苦笑一声，抬手触了触自己的鬓角，问道：“我……我变了很多是么？”

他的这种情形，嵇康看在眼中，更是吃惊，叫道：“仲悌，这是怎么了？发生了什么事情？”

嵇康拼命想着，什么事能让吕安短短数年，沧桑至此。他一边飞速想着，一边已经大步来到吕安身边，扶住了他。他见吕安摇摇晃晃的样子，似乎是随时可能站立不稳。

吕安反手抓住了嵇康的手臂，他的手之冰冷，前所未见，可知吕安的情形糟糕至极，远超过嵇康的想象，他忙拽了吕安坐下，又命嵇禄热一壶酒上来。他这才看着吕安，却不敢再贸然详询，只等吕安自己开口。

待到酒壶拿了上来，吕安恍恍惚惚接过，喝下几口，这才似乎有了些气力。终于又开口道：“你一定想不到，我大哥能做出什么事情来。”

当下断断续续，讲了不久前发生的一件事。就是这一件事，让吕安大受打击，几乎精神要崩溃，正在心乱如麻的时候，便来找嵇康拿主意。嵇康听了他讲，也是又惊又怒，再想不到，吕安的大哥吕巽，能做那等事来。

原来，吕安的妻子徐氏十分貌美，吕巽竟然觊觎她已久，于是趁吕安外出之时，灌醉了弟妇，将其奸污。

待到吕安回来，事情已成定局。休妻？妻子没

什么错，准确的说，还是受害者，这时候休妻，分明就是要把她逼上绝路。

他怒不可遏，去找大哥算账，又发现吕巽早已跑得不见人影。

自己大哥做下这种事情，本就让他大受打击，何况又是一腔怒火无处发泄，几个月下来，把原本潇洒孤傲的吕安，折磨成了这个样子。

嵇康听完亦是震怒，拍案道："仲悌，这样的兄长，全无廉耻，你待如何？"

吕安却是苦笑："又能如何？初时想要告他，后来叫人劝住，说是这样的事情传出去，谁都没法做人，于大家脸上都不好看，只能作罢……"

"难道……难道就这样让他……"

"又能如何？"

望着吕安那张一夕之间仿佛苍老了十岁的脸，嵇康长叹。他现在能做的，也只是陪着吕安喝酒了。

吕安在他家里叨扰了几日，便走了，却没有把自己带来的压抑气氛带走。嵇康沉浸在这种气氛中，连续数日，都是闷闷不乐。

这天他在书房抄录阮籍寄来的诗稿——是阮籍到了东平为相后写下的八十二首咏怀诗——越是抄录，越是惆怅。表面上永远那么豁达不羁的阮籍，终究还是在诗里，没能掩藏住情绪。诗中处处悲愤哀怨，隐晦曲折。

书房门却推开了，八岁大的儿子嵇绍摇摇晃晃跑过来，直嚷着要爹爹听他背诵文章。

嵇康笑着抱过儿子，便问：“是什么文章，你背吧。”

嵇绍也是个聪明俊秀的孩子，一开口，洋洋洒洒，背的竟是嵇康所写的《声无哀乐论》。那篇文章前后两千余字，竟难为一个八岁孩子如何背下来的。嵇康不禁大乐，抱了儿子，又讲了些老庄玄理、春秋掌故，嵇绍懵懵懂懂，倒也听得津津有味。

嵇康更是开心，摸摸儿子的头，道：“去吧。”

又道：“为何会去把那《声无哀乐论》背下来？”

嵇绍奶声奶气，答道：“娘说，背这个给爹爹听，爹爹会开心。”说罢，开开心心摇摇晃晃，跑出了书房。

嵇康心中一动。

当夜，他去曹璺的卧房，推了推门，门还是从里面锁着。他在外面立了一会，黯然走开了。

心想，定要再寻机会与妻子恳谈才行。

次日早上刚醒，管家嵇禄却带来另一个消息，那吕巽怕弟弟状告自己，竟然抢先一步，反诬弟弟对父母不孝。这罪名不小，吕安已经下狱！

这下，嵇康就算是再平和的人，也不禁拍案大怒了，何况他本就是嫉恶如仇的人。

他性烈才高，对不喜欢的人向来不假辞色，对朋友，却是肝胆相照的。

“这件事情，我定要为仲悌讨回公道！”他立即决定。

于是立刻动笔，洋洋洒洒写了篇与吕巽的绝交书，将事情原委明明白白写了个清楚，那吕巽如何寡廉鲜耻，吕安如何含恨隐忍，嵇康自己又如何对于吕巽震怒不齿，都写的事无巨细，文章末了，写道：“无心复与足下交也。古人绝交不出五言，从此别矣。临书恨恨！”

说是与吕巽的绝交书，却不给吕巽送去，命人四处传抄，迅速传遍了整个河朔，立刻把这件事闹得沸沸扬扬。

听说这件事，一直对嵇康冷冷清清的曹璺终于也脸上失色。她看着嵇康的时候，脸上充满了忧虑、不舍、担心的神色。

终究还是什么也没说，夜里，卧房的门仍然紧锁着。

头一个对嵇康此举做出反应的竟然又是山涛。他这次竟然亲自跑来了。

“叔夜，你听我的，我已经和司马将军再次举荐了你，你这一回一定要出仕！”山涛话音十分焦急。

嵇康仍是摇头："你一向十分谨慎，这次怎么也这样冲动了。"

"可是……"

"巨源，你知道我的决定的。"

"这次不一样了，司马将军定会……"山涛兀地住了口，没再往下说。

"司马将军会如何，我心里有数，但是我现在，是知其不可为而为之。仲悌这事只有我知晓，我不替他出头，还有何人能？我会如何，其实你早已知道了。现在还如此……你就不怕自己也惹祸上身么？"

山涛知道事情已经无可挽回了。

不久，嵇康写了第二封绝交书，这次竟然是给山涛的。这就是传于后世的有名的《与山巨源绝交书》，嵇康信中拒绝了山涛的荐引，指出人的秉性各有所好，表明自己赋性疏懒，不堪礼法约束，恳请山涛别再加以勉强。在文中，嵇康强调放任自然，既是对世俗礼法的蔑视，也是他崇尚老、庄消极无为思想的一种反映。嵇康的这封绝交书，虽则形式严肃，但却无处不见自嘲。这一篇，从内容上看，大概是他文笔最为轻松的一篇了。有名的"七不堪二不可"的排比句，读来也让人觉得他拒官拒得痛快。只是，山涛也许不会体察到其间的精髓。

这两封绝交书，给嵇康的悲剧人生点燃了导火索……

第十章　千古杳余音

景元三年，公元262年，嵇康三十九岁。

在山阳，吕安案发，嵇康为吕安辩之，被指不孝。于洛阳东市行刑。

看到《与山巨源绝交书》时，山涛长叹一声。

嵇康的用意他虽明白，却也知道，叔夜决定破釜沉舟，甚至做好了被司马昭治罪的准备了。

他想阻拦这一切发生，终究是无可奈何。

妻子韩氏走过来，道：“你不是早知道叔夜会拒绝么？”

“虽是早知道，还是怕他……唉……这样下去……”

韩氏也叹了一声。她敬重嵇康，如此坚持自己的信念；也敬重丈夫，为了朋友，甘愿做这等会被天下文士置疑的事情。

果然，千年之后，对于山涛其人，究竟是高风亮节的君子，还是道貌岸然的官僚，争执不休。

但是永远不能否定的，是山涛与嵇康二十年的相交。这二十年的情谊，绝对不是千年的骂名可以一笔勾销的。

第二封绝交书写成不久之后，嵇康坐在家中，等来了捕拿他的官吏。为首那人看似也十分为难，举动却是恭恭敬敬。

“嵇中散……这是将军府直接下的命令。”

嵇康自然知道他们的为难之处，当下微微一笑，随他们走了。

牢里的生活倒是没有他想象中的糟糕，起码，比起在苏门山上的土窑，要好多了。他单独关在一间牢房中，还算干净，蛇虫鼠蚁之类总算没有见到。

地上还有一张板子，上面摞着些干草，嵇康沿着草堆坐了下来，挪动挪动，调整了一个舒服的位置。

只不过窗子做得有点小，每每他向窗外看，只能见到很小的一片天空。入了夜，月光从这小窗照进来投在地上，也是小小的一片光亮，甚至都不能让他整个人沐浴在月光里。

他只能伸着手，看月光落在手上。

窗下有一张小案，案上还放着笔墨纸砚，看

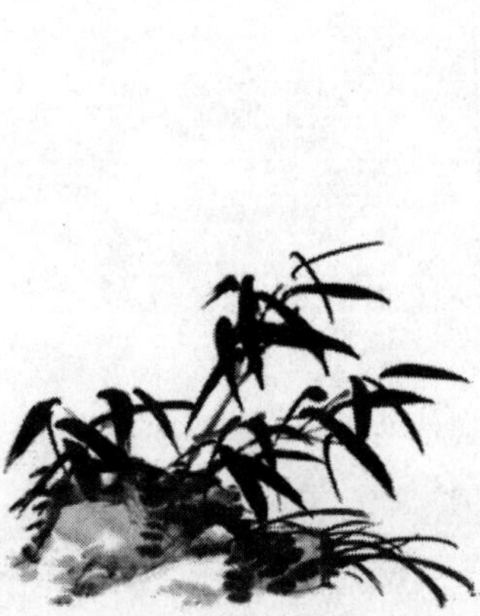

来这个地方是特地准备给他的。头两天他写了两封信，一封是给大哥嵇喜，另一封给阮籍。后来，他把两封信都撕掉了。

最后他写了首诗。

嗟余薄祜，少遭不造，哀茕靡识，越在襁褓，母兄鞠育，有慈无威，恃忧肆妲，不训不师。爰及冠带，凭宠自放，抗心希古，任其所尚。托好老庄，贱物贵身，志在守朴，养素全真。曰余不敏，好善暗人。子玉之败，屡增惟尘。大人含弘，藏垢怀耻，民之多僻，政不由己。惟此褊心，显明臧否。感悟思愆，怛若创痏。欲寡其过，谤议沸腾，性不伤物，频致怨憎。昔惭柳惠，今愧孙登，内负宿心，外恧良朋。仰慕严、郑,乐道闲居。与世无营，神气晏如。咨予不淑，婴累多虞。匪降自天，寔由顽踈。理弊患结，卒致囹圄。对答鄙讯，縶此幽阻，实耻讼免，时不我与，虽曰义直，神辱志沮，澡身沧浪，岂云能补。嗈嗈鸣雁，奋翼北游，顺时而动，得意忘忧。嗟我愤叹，曾莫能俦，事与愿违，遘兹淹留，穷达有命，亦又何求。古人有言：善莫近名。奉时恭默，咎悔不生，万石周慎，安亲保荣，世务纷纭，秖搅予情，安乐必诫，乃终利贞。煌煌灵芝，一年三秀，予独何为，有志不就，惩难思复，心焉内疚，庶勖将来，无馨无臭；采薇山阿，散发岩岫，永啸长吟，颐性养寿。

作了这首诗，他捧着稿子，忍不住内心里对自己的文笔十分赞叹，又开始忧心，若是这篇诗稿传不出去可如何是好。他想了想，把诗又提在了狱中的墙上，侧着头，写上了题目：《幽愤诗》。

他反复念诵了几遍，念到“实耻讼冤，时不我与，虽曰义直。神辱志沮”这几句时，不免又是义愤填膺。

不知道吕安现在如何了。他忧心着。

这时节，竟已经到了黑白颠倒、善恶不分的地步吗？作恶的，不会受到任何惩罚，说不定日后还有机会继续平步青云；为善的，平白被冤，甚至人人都知道真相是什么，也照样要冤枉他；仗义执言的，毫无来由也被抓了，连个被抓的名目都没有！

这是什么世界？这究竟是什么世界？若是有天理，天理何在？若是没有天理，为何又要这众生有情，为何又要别善恶分黑白？

何不乱做混沌一片，且都各自为恶则是！

他倒要在这里等着，最终会是怎样一个结局。虽然那结局他已经知道。自己数次拒绝司马将军的

征召，只怕早已得罪了他。

司马昭这人，虽不能说是睚眦必报，到底正是树立威信、扶植势力的时候，原本他觉得，若是能把嵇康这样的人物收归门下，必然是能够让天下信服的事情。既然现在，山涛和阮籍这样和嵇康齐名的名士已经应他的邀请出仕，少一个嵇康也不算什么大事，正好，又遇到了吕安这件事，寻个由头治了罪，拿他杀一儆百也是好的。

果然，没过几日，他得到消息。自己和吕安都已判了死刑，秋后问斩。

可笑，真是可笑。

听见这个消息，他并不是觉得惧怕或慌张，只是觉得这件事十分可笑，滑天下之大稽，可以说从开头到这结果都莫名其妙之至。

笑过之后，便是淡然。

早已知道了，不是吗？就是这样滑稽的事情，千百年来，不知发生了多少次，千百年后，也必然还会继续发生。

隔着那扇小窗，他再一次伸着手，把玩掌心的月光。

嵇康被判了死刑的消息一传出，举国哗然。但牢内的他全然不知。

这一日，他正坐着，狱卒打开他的牢房门，引了三人进来。是曹璺，带着他的两个孩子。

女儿正值豆蔻年华，眉清目秀，亭亭玉立，

是个美人胚子，只是现在眼睛肿得厉害，想来是这些日子已不知道哭过了多少次。此时，跪坐在他脚边，小声地抽噎着。

他心中不忍，抬手轻轻拍了拍女儿的头。

儿子八岁，却已是一脸坚忍，小小的脸，满是倔强不忿的神情，耿立在他身旁，薄唇紧紧抿着。

嵇康拉住了儿子的手，心中一阵骄傲，一阵悲痛。

最后，他说道：“你们两个都是好孩子……往后，爹爹不能照顾你们了，若是有什么事，就去找你们的山巨源叔叔，有他在，你们就不是孤儿，切记切记，只有把你们托付给他，我才能放心啊……”

他的目光落在了远远站在牢房门边的女子身上。那是他的妻子，长乐亭主曹璺。

他看着她。

这个女子三十多岁了，早已不是青春年华。他与她第一次相遇，那时她才十四，不过，他当时却没能见到她的样貌，只听见那个有几分娇憨、几分狂傲的声音。此后，一直放在心里，轻轻地惦记着，淡淡地牵挂着，直到她十七岁嫁给他，才第一次瞧清楚她的模样。

十七岁的她，有清澈的眼神，看着人的时候，仿佛能用那眼神叫人不能动弹了，会惑于那漆黑的眸子。她笑的时候，既是温润沉静的，又是骄狂傲

气的。谦和娇美的同时竟还有着一丝俾睨天下的神情，让他十分惊讶，于是忍不住盯着她瞧，想弄明白，她究竟有的是一种怎样的神情。

那年轻的、十七岁的娇美容颜，到现在他眯上眼都会恍然看见。虽然她总是娇嗔地埋怨，为什么夫婿长得比自己还要白皙美丽。

他却从没在意过她的样貌，只是一直惦念着那神情。

可惜，一年一年的，那神情慢慢从她脸上消失了。取而代之，是忧虑、敏感、哀怨，直到最后的平淡。嵇康想，也许，自己此生再也见不到她露出那样的神情了。

是的，有些拥有过的事物，总会被时间刻下烙印，最终一去不返。

就在嵇康瞧着曹璺出神的时候，曹璺缓缓走过来，走到嵇康身前，瞧着他，慢慢在他身边坐了下来。

伸出手去，握住了他的一只手，什么也没说。

“你……照顾好自己。”还是嵇康先开了口。

曹璺颔首。

一旁嵇绍踏上一步，说道：“爹爹放心，绍儿会照顾好娘，照顾好姐姐的！嵇家就交给绍儿吧！”

嵇康心中一暖：“好孩子。”

脚边跪坐着的女儿哽咽了一声，泪如雨下。

嵇康想叹气，又怕惹得三人更加伤心，只得忍下。回手反握住曹璺的手，他想起，自己自苏门山回来，早有些话想对她说，想同她恳谈一番，却始终被旁的事情绊住。

只怕心底，其实是一直不敢踏出这一步，所以才找别的借口，借口总是有旁的事情忙，不敢去找她吧……

现下终于是来不及了，他想，也许更加什么也不用说了。

想到这个，他心底忍不住又是对自己冷笑，这难道不也是借口么……不过，将死之人，就让他再任性一回，再给自己一个借口吧。

于是他终究，还是什么也没说。

“到我临刑那一日，把我的琴拿到刑场给我好么？”嵇康开了口，说的是另一件不相干的事情。

曹璺先是点了点后，表示答应了，叫嵇康放心。随后她开了口，说的也是一件不相干的事情。

“你在太学的那三千多个门生，聚集在洛阳城将军府外，呐喊不去，嚷嚷着要为你请命，呼声震天，将军府的家人怎么也赶不走他们，最后竟至动用了兵马，总算是把人群驱散了，幸好没有太学生受伤的消息出来。”

嵇康吁出了一口气：“这些痴儿。”

“巨源与嗣宗得知你的事情，三番五次进言为你求情，好像是惹得那司马将军不痛快了，巨源已

被司马昭远调北地，嗣宗……当场吐了好几口血，如今还躺着，动身不得。”

嵇康大急：“嗣宗身子怎样？究竟碍事么？”

曹璺缓缓摇头，脸有忧色：“应该是……能好起来吧……”

嵇康身子一晃，手指关节有些泛白。

“你大哥也多方奔走，也是没有结果。据说这一回，是钟会向司马将军进言，要处你死刑。”

嵇康一哂：“你觉得呢？”

“诏令是司马将军下的，判决是司马将军做的，钟会说什么……他司马家……哪个是没主意的，能教旁人左右了去？”

“不错，”嵇康点头道，“他要杀我，已经是决定的事情了，换了谁说什么,结果都一样。不得不说，他家一门三代，都不是寻常人物啊……”

“钟会倒真的是很圆滑啊，瞧出了大将军的意思，故意迎和。”

“这就是我永远做不到的事情啊，”嵇康感慨，“我偏做不到他的样子，我嵇叔夜四十年来，凡事率性而为，不肯姑息，说我固执也好，任性使气也罢，这就是我嵇叔夜了，嫁予我，你后悔么？”

曹璺却没有回答这个问题。也许她认为这个问题不需要回答，又或许，她认为这个问题根本不应该被问出来。

因此，直到嵇康生命的最后一天，他也没能知道这个问题的答案。

说不定，他是知道的，只是旁人不晓得吧。

日子一天天过去，离行刑之日一天天近了。

向秀和刘伶相携来看他，各自垂泪。

山涛出发往北地之前也来看他，站在牢房外只是叹气，最后说道："有我山巨源在，你的两个孩子，你尽管放心。"

阮籍也抱病来探望他，刚一见着他就吐了两口血出来。这个意气风发的狂徒，如今已似风烛残年。

这样的人，犹自要担心自己不能托着一副残躯终老。

嵇康初时还算着日子，后来他索性不算了。央狱卒带进来了他的几套书，他就凭着那扇小窗子漏进来的零星光线，读着向秀做的《庄子注》。

"我一定要在……那之前注完，好给你看看。"向秀咬牙切齿，这个向来外柔内刚的汉子，泪落如雨。

"别别别，你可别也吐了血啊。"嵇康半开玩笑半认真地说。

不过说实话，他确实心底在悄悄遗憾，自己此生，怕是等不到看完向秀做的《庄子注》全本了。

只能拼着余下的日子，能看多少，便是多少

了。

正翻着书册，狱卒来开了牢门，这一次，却没有人来看他。

“日子到了么？”

狱卒点头。

轻轻放下书册，他起身，整整袍子。至于头发，他每日起来都会对着一碗水梳理齐整，今日也不例外。

随着看押他的皂吏，先是步行，后坐了囚车，又是步行，一步一步，他接近自己的死亡。

已经是在刑场上了吗？

他环顾周围，有好些熟悉面孔，有的是他的学生，正在神色激愤地呐喊，有的是他的朋友，都是十分悲痛的神情。至于那些面有喜色的，自然是他的敌人，他得罪过的人。在人群中，他也看到了钟会。只不过钟会是个例外，他脸上的神情，是矛盾么？好似是介乎于欢喜与沉痛之间矛盾的表情。

无暇再看钟会，他瞧见了管家嵇禄，捧着他的琴走了上来。

“夫人呢？”

“夫人说……她不能来，她带着小公子和小姐，一早就出发回山阳了。”

嵇康沉默。

“回得好，他们没来就好，怎么能让她、让孩子见到我……”

这时，他的镣铐已经摘了，盘膝坐在刑场的台子上，双手接过了琴。

那是一把好琴。他用那把琴弹出过最好的曲子，那些曲子似乎现在还在竹林中飘荡。他弹了一次又一次，终于弹至此刻。

最后一次？

想起这些年来，每当他抱着自己的琴坐在竹林里，就仿佛此身已融化在了天地中，再没有了疑惑，暂时忘了那些几乎困扰了他一生的、让他想不明白的事情。如今走到了生命的终点，他不确定自己想明白没有，更不确定别人是不是明白。嵇喜明白么？或者阮籍，他明白过么？他本来在想山巨源或许是明白的，可是过了一会儿，却又觉得不确定。他摇了摇头。

好在是不用再想了。

妻子长乐亭主今日没有来，必定是不想见到他临刑的样子，也不想让他见到她此刻的样子。两人这一生，究竟是幸还是不幸，到底说不清楚。他在意过，也不在意过，她也是一样。

他想着这些事，心中却十分的平和，仿佛终于把那些缠在他灵魂里的、混乱不堪的线团捋顺了，那些时时刻刻要在他脑中炸响的声音突然都安静下来了，心中有的只是寂静，无法言说的寂静。寂静中只有他一个人坐着，随意地让思绪在自己一生的旅途中走走停停，在每一段过往驻足片刻，观众一般察看那时的自己，却已然不是当时的苦闷心境。想到这里，他甚至要笑出来了，这么幽静自然的时候，是他一生追求而不得的。

追求了多久？四十年吧……

手指轻触琴弦，“铮”的一声，在一片喧哗与嘈杂声中几不可闻。

下面似乎有什么人抗议了几句，但很快就和那琴声一同淹没了——人头落地，血溅三尺才是他们想看的，这死囚带着一把琴上刑场到确是新鲜，但没人在乎。

嵇康也不在乎，他深深地吸了一口甘洌微凛的空气，带着刑场特有的一丝血腥的甜意。是时候了，他想。

于是开指，序名止息。

一缕雅静不可名状的清音悠然而出，缓缓盘旋于这一方闹市之上，人声鼎沸之中。妇人聒噪、小儿啼哭、书生迂论乃至愚民侃侃之声，竟不能没。恍如投巨石入涓溪而不能断其流。

琴音过处，喧闹渐止，终至苍生屏息，一片寂静。

四十寒暑烟云过，半生疏狂了此身。

他想起了那一次，在苏门山上，弹这首曲子，这首《广陵散》。那一次，他的弦断了。那时他满腔激愤，全身的血液都在随着音节激荡，最终，孙登的琴弦不能承受他激昂的情绪，毁灭在他指下。

接着他想起了孙登，和孙登的琴声。

孙登的琴声就像他的人一样，永远那么自在，无拘无束，悠然自得，快乐到了极致。那样的琴声，是轻盈舞动的，仿佛山涧流水鸟语花香，令闻者心旷神怡，四肢百骸都会流淌着闲适之意。

嵇康的琴声，却大不相同。

琴声忽变，慨慨然露不羁之意。十指轮转于琴盘，竟有金戈相交之声隐然可闻，倏然如疾风骤雨般挥洒倾泄。

何谓含志，几时返魂，长虹亘空，投剑沉名。此一生，下一生，袅袅一梦，知音几人。从呱呱坠地到快马轻裘，从意气风发到功成就名，一幅幅画面，一张张面孔，洪潮般喷决而出，朋友、妻子、亲人、梦想、恩仇，一齐凝于这五弦之上，又被嵇康的手指挥洒而出，茫茫然奔涌席卷过天地万物，终至飘遥九霄，散落苍穹。

嵇康微微眯眼，世间百态尽落心头。

他又想起他去山阳的那一年。就是那一年，他才二十岁出头，还懵懂着，天真执拗着。从那一年开始，发生的一切，让他的人生轨迹沿着一条他当初出发时绝没有想到的道路脱缰而去。

嵇康的目光似乎凝滞在天际。

不，不能这样说。他侧了侧头。他这样的性格，也许注定要去山阳，注定要用那样一种姿态经历那些人或事。

乱世的时候，文人总是有乱世的姿态。战乱的年代，更迭的政权，总是不会给这些太清高的人留下多少余地，因言致祸也好，谨言慎行也罢；或是愤世嫉俗，或是遗世独立。嵇康不知道自己的生命能在青史上留下怎么样的痕迹，谁让自己正是出生在这样一个时代。

他一生志高才傲，宁折不弯。有时，他是看透世情的，似乎比谁都通彻；有时却又对世态人心不能捉摸。太干净太纯粹的人，世所不能容。

名利逐身，红尘困物。不想他最终离去的地方，竟是这刑台之上。世人黑白分，往来争荣辱，他又有什么荣辱可争呢？这人世本就不是他该来的地方，却终于还没意识到他就要离去了。

那人群中的闲汉，些许便又要烦愁靠什么填饱今晚的肚子；这边喟叹的书生，怕是此生只系于一个光耀门庭的旧梦。婴儿待哺，妇人含幽，天地不仁，有生皆苦。

有生皆苦啊！

一霎，他记起了孙登那一回看他，流露的悲悯同情之意。

他亦是悲悯众生的吧？然后，自己不也是区区众生之一，生老病死，喜怒哀乐，哪一项能逃得脱？

露齿一哂，轻粲，他忽然狂笑，冠缨索绝，仿如发现了天地间最有趣的事情，以致笑到全身的肌肉都在颤抖，笑到无法呼吸，连琴声都变得狂傲不可一世，翻腾于天，睥睨着蝼蚁般的天下众生。良久，他终于引颈向天，发出了一声穿云裂石的长啸。

峻迹会止息，守质明绝意，仇毕壮悲志，终思当太息！

长袖一扫，五音齐鸣，龙吟虎啸，飞升九天之外，终不可闻。

又一次，万籁俱静。

嵇康环顾四周，轻轻一喟：

“广陵散，于今绝矣。”

景元三年，嵇康卒，年四十岁。

尾声

是年，向秀迫于司马昭之威，终于出仕，路过山阳，做《思旧赋》。

次年，阮籍病卒。

同年，钟会借领兵伐蜀之机，欲兵变反司马氏，事败，死于乱军之中。

山涛后为行军司马。司马炎代魏称帝后，任命山涛为大鸿胪，加奉车都尉，进爵新沓伯。出为冀州刺史，甄拔隐屈，搜访贤才三十余人。入为侍中，迁吏部尚书、太子少傅、左仆射。一生一世，对嵇康子女照顾有加，视如己出。

曹璺携一子一女寡居山阳，卒年不详。

嵇喜官运亨通，晋时历江夏太守、徐州刺史、扬州刺史、太仆、宗正。

二十年后，王戎再次来到山阳，不禁感慨万千："吾昔与嵇叔夜、阮嗣宗酣畅于此，竹林之游亦预其末……自嵇、阮云亡，吾便为时之所羁绁。今日视之虽近，邈若山河！”

终究，一切都邈若山河。

只是仿佛，还有琴音经久不散，千古未杳。

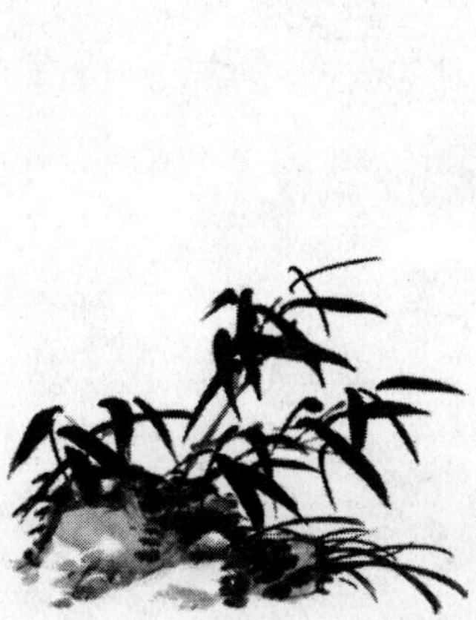

附录

嵇康作品

兄秀才公穆入军赠诗十九首

双鸾匿景曜，戢翼太山崖，抗首漱朝露，晞阳振羽仪，长鸣戏云中，时下息兰池，自谓绝尘埃，终始永不亏。何意世多艰，虞人来我疑，云网塞四区，高罗正参差；奋迅势不便，六翮无所施，隐姿就长缨，卒为时所羁。单雄翻孤逝，哀吟伤生离，徘徊恋俦侣，慷慨高山陂。鸟尽良弓藏，谋极身心危，吉凶虽在己，世路多崄巇，安得反初服，抱玉宝六奇，逍遥游太清，携手长相随。

鸳鸯于飞，肃肃其羽，朝游高原，夕宿兰渚，邕邕和鸣，顾眄俦侣，俛仰慷慨，优游容与。

鸳鸯于飞，啸侣命俦，朝游高原，夕宿中洲，交颈振翼，容与清流，咀嚼兰蕙，俛仰优游。

泳彼长川，言息其浒，陟彼高冈，言刈其楚；嗟我征迈，独行踽踽，仰彼凯风，涕泣如雨。

泳彼长川，言息其沚，陟彼高冈，言刈其杞；嗟我独征，靡瞻靡恃，仰彼凯风，载坐载起。

穆穆惠风，扇彼轻尘，奕奕素波，转此游鳞；伊我之劳，有怀佳人，寤言永思，寔钟所亲。

所亲安在，舍我远迈，弃此荪芷，袭彼萧艾，虽曰幽深，岂无颠沛。言念君子，不遐有害。

人生寿促，天地长久，百年之期，孰云其寿；思欲登仙，以济不朽，缆辔踟蹰，仰顾我友。

我友焉之，隔兹山岗，谁谓河广，一苇可航，徒恨永离，逝彼路长，瞻仰弗及，徙倚彷徨。

良马既闲，丽服有晖，左揽繁弱，右接忘归，风驰电逝，蹑景追飞，凌厉中原，顾眄生姿。

携我好仇，载我轻车，南凌长阜，北厉清渠，仰落惊鸿，俯引渊鱼，盘于游田，其乐只且。

凌高远眄，俯仰咨嗟，怨彼幽絷，邈迩路遐。虽有好音，谁与清歌，虽有姝颜，谁与发华。仰讯高云，俯托轻波，乘流远遁，抱恨山阿。

轻车迅迈，息彼长林，春木载荣，布叶垂阴。习习谷风，吹我素琴。交交黄鸟，顾俦弄音。感悟驰情，思我所钦，心之忧矣，永啸长吟。

浩浩洪流，带我邦畿；萋萋绿林，奋荣扬晖；鱼龙瀺灂，山鸟羣飞。驾言出游，日夕忘归，思我良朋，如渴如饥，愿言不获，怆矣其悲。

息徒兰圃，秣马华山，流磻平皋，垂纶长川，目送归鸿，手挥五弦，俯仰自得，游心太玄。嘉彼钓叟，得鱼忘筌。郢人逝矣，谁与尽言。

闲夜肃清，朗月照轩，微风动袿，组帐高褰，旨酒盈樽，莫与交欢。瑟琴在御，谁与鼓弹，仰慕同趣，其馨若兰。佳人不存，能不永叹。

乘风高游，远登灵丘，托好松乔，携手俱游，朝发太华，夕宿神州，弹琴咏诗，聊以忘忧。

琴诗自乐，远游可珍，含道独往，弃智遗身，寂乎无累，何求于人，长寄灵岳，怡志养神。

流俗难悟，逐物不还，至人远鉴，归之自然。万物为一，四海同宅，与彼共之，予何所惜。生若浮寄，暂见忽终，世故纷纭，弃之八戍。泽雉虽饥，不愿园林，安能服御，劳形苦心。身贵名贱，荣辱何在，贵得肆志，纵心无悔。

悲愤诗一首

嗟余薄祜，少遭不造，哀茕靡识，越在襁褓，母兄鞠育，有慈无威，恃忧肆姐，不训不师。爰及冠带，凭宠自放，抗心希古，任其所尚。托好老庄，贱物贵身，志在守朴，养素全真。曰余不敏，好善暗人。子玉之败，屡增惟尘。大人含弘，藏垢怀耻，民之多僻，政不由己。惟此褊心，显明臧否。感悟思愆，怛若创痏。欲寡其过，谤议沸腾，性不伤物，频致怨憎。昔惭柳惠，今愧孙登，内负宿心，外恧良朋。仰慕严、郑，乐道闲居。与世无营，神气晏如。咨予不淑，婴累多虞。匪降自天，寔由顽踈。理弊患结，卒致囹圄。对答鄙讯，絷此幽阻，实耻讼免，时不我与，虽曰义直，神辱志沮，澡身沧浪，岂云能补。嗈嗈鸣雁，奋翼北游，顺时而动，得意忘忧。嗟我愤叹，曾莫能俦，事与愿违，遘兹淹留，穷达有命，亦又何求。古人有言：善莫近名。奉时恭默，咎悔不生，万石周慎，安亲保荣，世务纷纭，秖搅予情，安乐必诫，乃终利贞。煌煌灵芝，一年三秀，予独何为，有志不就，惩难思复，心焉内疚，庶勖将来，无馨无臭；采薇山阿，散发岩岫，永啸长吟，颐性养寿。

述志诗二首

潜龙育神躯，濯鳞戏兰池，延颈慕大庭，寝足俟皇义，庆云未垂景，盘桓朝阳陂，悠悠非我匹，畴肯应俗宜，殊类虽偏周，鄙议纷流离，轗轲丁悔吝，雅志不得施，耕耨感宁越，马席激张仪，逝将离群侣，杖策追洪崖。焦鹏振六翮，罗者安所羁，浮游太清中，更求新相知，比翼翔云汉，饮露餐琼枝。多念世间人，夙驾咸驱驰，冲静得自然，荣华安足为！

斥鷃擅蒿林，仰笑神凤飞；坎井蝤蛭宅，神龟安所归。恨自用身拙，任意多永思，远实与世殊，义誉非所希，往事既已谬，来者犹可追，何为人事间，自令心不夷？慷慨思古人，梦想见容辉，愿与知己遇，舒愤启幽微，岩穴多隐逸，轻举求吾师，晨登箕山巅，日夕不知饥。玄居养营魄，千载长自绥。

游仙诗一首

遥望山上松，隆谷郁青葱，自遇一何高，独立迥无双，愿想游其下，蹊路绝不通。王乔弃我去，乘云驾六龙。飘飖戏玄圃，黄老路相逢，授我自然道，旷若发童蒙。采药钟山隅，服食改姿容，蝉蜕弃秽累，结友家板桐，临觞奏九韶，雅歌何邕邕，长与俗人别，谁能睹其踪。

六言十首

一　惟上古尧舜

二人功德齐均，不以天下私亲，高尚简朴慈顺，宁济四海蒸民。

二　唐虞世道治

万国穆亲无事，贤愚各自得志，晏然逸豫内忘，佳哉尔时可喜。

三　知慧用有为

为法滋章寇生，纷然相召不停，大人玄寂无声，镇之以静自正。

四　名与身孰亲

哀哉世俗殉荣，驰骛竭力丧精，得失相纷忧惊，自贪勤苦不宁。

五　生生厚招咎

金玉满堂莫守，古人安此麤丑，独以道德为友，故能延期不朽。

六　名行显患滋

位高势重祸基，美色伐性不疑，厚味腊毒难治，如何贪人不思。

七　东方朔至清

外似贪汙内贞，秽身滑稽隐名，不为世累所撄，所欲不足无营。

八　楚子文善仕

三为令尹不喜，柳下降身蒙耻，不以爵禄为己，靖恭古惟二子。

九　老莱妻贤明

不愿夫子相荆，相将避禄隐耕，乐道闲居采萍，终厉高节不倾。

十　嗟古贤原宪

弃背膏粱朱颜，乐此屡空饥寒，形陋体逸心宽，得志一世无患。

重作四言诗七首

富贵尊荣，忧患谅独多，富贵尊荣，忧患谅独多，古人所惧，丰屋蔀家，人害其上，兽恶网罗，惟有贫贱，可以无他，歌以言之，富贵忧患多。

贫贱易居，贵盛难为工，贫贱易居，贵盛难为工，耻佞直言，与祸相逢，变故万端，俾吉作凶，思牵黄犬，其计莫从，歌以言之，贵盛难为工。

劳谦寡悔，忠信可久安，劳谦寡悔，忠信可久安，天道害盈，好胜者残，强梁致灾，多事招患，欲得安乐，独有无愆，歌以言之，忠信可久安。

役神者弊，极欲令人枯，役神者弊，极欲令人枯，颜回短折，不及童乌，纵体淫恣，莫不早徂，酒色何物，今自不辜，歌以言之，酒色令人枯。

绝智弃学，游心于玄默，绝智弃学，游心于玄默，遇过而悔，当不自得，垂钓一壑，所乐一国，被发行歌，和气四塞，歌以言之，游心于玄默。

思与王乔，乘云游八极，思与王乔，乘云游八极，凌厉五岳，忽行万亿，授我神药，自生羽翼，呼吸太和，炼形易色，歌以言之，思行游八极。

徘徊钟山，息驾于层城，徘徊钟山，息驾于层城，上荫华盖，下采若英，受道王母，遂升紫庭，逍遥天衢，千载长生，歌以言之，徘徊于层城。

思亲诗

奈何愁兮愁无聊，恒恻恻兮心若抽。愁奈何兮悲思多，情郁结兮不可化。奄失恃兮孤茕茕，内自悼兮啼失声。思报德兮邈已绝，感鞠育兮情剥裂。嗟母兄兮永潜藏，想形容兮内摧伤。感阳春兮思慈亲，欲一见兮路无因。望南山兮发哀叹，感机杖兮涕汍澜。念畴昔兮母兄在，心逸豫兮寿四海。忽已逝兮不可追，心穷约兮但有悲。上空堂兮廓无依，睹遗物兮心崩摧。中夜悲兮当谁告，独抆泪兮抱哀戚。日远迈兮思予心，恋所生兮泪不禁。慈母没兮谁与骄，顾自怜兮心切切。诉苍天兮天不闻，泪如雨兮叹青云。欲弃忧兮寻复来，痛殷殷兮不可裁。

答二郭三首

天下悠悠者，下京趋上京，二郭怀不群，超然来北征。乐道托莱庐，雅志无所营。良时遘其愿，遂结欢爱情。君子义是亲，恩好笃平生，寡志自生灾，屡使众衅成，豫子匿梁侧，聂政变其形，顾此怀怛惕，虑在苟自宁。今当寄他域，严驾不得停，本图终宴婉，今更不克并。二子赠嘉诗，馥如幽兰馨，恋土思所亲，不知气愤盈。

昔蒙父兄祚，少得离负荷，因疏遂成懒，寝迹北山阿，但愿养性命，终已靡有他，良辰不我期，常年值纷华，坎凛趣世教，常恐婴网罗，羲农邈已远，拊膺独咨嗟。朔戒贵尚容，渔父好扬波，虽逸亦已难，非余心所嘉，岂若翔区外，餐琼漱朝霞，遗物弃鄙累，逍遥游太和，结友集灵岳，弹琴登清歌，有能从此者，古人何足多。

详观凌世务，屯险多忧虞，施报更相市，大道匿不舒，夷路值枳棘，安步将焉如，权智相倾夺，名位不可居。鸾凤避罻罗，远托昆仑墟，庄周悼灵龟，越稷嗟王舆，至人存诸己，隐璞乐玄虚，功名何足殉，乃欲列简书，所好亮若兹，杨氏叹交衢，去去从所志，敢谢道不俱。

与阮德如诗

含哀还旧庐，感切伤心肝，良时遘数子，谈慰臭如兰。畴昔恨不早，既面侔旧欢，不悟卒永离，念隔怅忧叹，事故无不有，别易会良难。郢人忽已逝，匠石寝不言。泽雉穷野草，灵龟乐泥蟠，荣名秽人身，高位多灾患，未若捐外累，肆志养浩然，颜氏希有虞，隰子慕黄轩，涓彭独何人，惟志在所安。渐渍殉近欲，一往不可攀，生生在豫积，勿以怵自宽。南土旱不凉，衿计宜早完，君其爱德素，行路慎风寒，自力致所怀，临文情辛酸。

酒会诗七首

乐哉苑中游，周览无穷已，百卉吐芳华，崇基邈高跱，林木纷交错，玄池戏鲂鲤，轻丸毙翔禽，纤纶出鳣鲔，坐中发美赞，异气同音轨，临川献清酤，微歌发皓齿，素琴挥雅操，清声随风起。斯会岂不乐，恨无东野子，酒中念幽人，守故弥终始，但当体七弦，寄心在知己。

淡淡流水，沦胥而逝，汎汎柏舟，载浮载滞，微啸清风，鼓檝容裔，放棹投竿，优游卒岁。

婉彼鸳鸯，戢翼而游，俯唼绿藻，托身洪流，朝翔素濑，夕栖灵洲，摇荡清波，与之沉浮。

藻汜兰池，和声激朗，操缦清商，游心大象，倾昧修身，惠音遗响，钟期不存，我志谁赏。

敛弦散思，游钓九渊，重流千仞，或饵者悬，猗与庄老，栖迟永年，寔惟龙化，荡志浩然。

肃肃筝风，分生江湄，却背华林，俯泝丹坻，含阳吐英，履霜不衰。嗟我殊观，百卉具腓，心之忧矣，孰识玄机。

猗猗兰蔼，殖彼中原，绿叶幽茂，丽藻浓繁，馥馥蕙芳，顺风而宣，将御椒房，吐熏龙轩，瞻彼秋草，怅矣惟骞。

杂诗一首

微风清扇，云气四除，皎皎亮月，丽于高隅，兴命公子，携手同车，龙骥翼翼，扬镳踟蹰，肃肃宵征，造我友庐，光灯吐辉，华幔长舒，鸾觞酌醴，神鼎烹鱼，弦超子野，叹过绵驹，流咏太素，俯赞玄虚，孰克英贤，与尔剖符，杖策答诸，纳之素怀，长啸清凉，惟以告哀。

琴赋

余少好音声，长而玩之，以为物有盛衰，而此无变，滋味有猒，而此不倦，可以导养神气，宣和情志，处穷独而不闷者，莫近于音声也。是故复之而不足，则吟咏以肆志；吟咏之不足，则寄言以广意。然八音之器，歌舞之象，历世才士，并为之赋颂，其体制风流，莫不相袭，称其材干，则以危苦为上，赋其声音，则以悲哀为主，美其感化，则以垂涕为贵，丽则丽矣，然未尽其理也。推其所由，似元不解音声，览其旨趣，亦未达礼乐之情也。众器之中，琴德最优，故辍叙所怀，以为之赋，其辞曰：

惟椅梧之所生兮，托峻岳之崇冈，披重壤以诞载兮，参辰极而高骧，含天地之醇和兮，吸日月之休光，郁纷纭以独茂兮，飞英蕤于昊苍。夕纳景于虞渊兮，旦晞干于九阳，经千载以待价兮，寂神跱而永康。且其山川形势，则盘纡隐深，磪嵬岑岩，互岭巉岩，岝崿岖崯，丹崖崄巇，青壁万寻。若乃重巘增起，偃蹇云覆，邈隆崇以极壮，崛巍巍而特秀，蒸灵液以播云，据神渊而吐溜。尔乃颠波奔突，狂赴争流，触岩抵隈，郁怒彪休，汹涌腾薄，奋沫扬涛，瀄汩澎湃，蚔蟺相纠，放肆大川，济乎中州，安回徐迈，寂尔长浮，澹乎洋洋，萦抱山丘。详观其区土之所产毓，奥宇之所宝殖，珍怪琅玕，瑶瑾翕赩，丛集累积，奂衍于其侧。若乃春兰被其东，沙棠殖其西，涓子宅其阳，玉醴涌其前，玄云荫其上，翔鸾集其巅，清露润其肤，惠风流其间，竦肃肃以静谧，密微微其清闲，夫所以经营其左右者，固以自然神丽，而足思愿爱乐矣。

于是遁世之士，荣期、绮季之畴，乃相与登飞梁，越幽壑，援琼枝，陟峻崿，以游乎其下。周旋永望，邈若凌飞，邪睨昆仑，俯阚海湄，指苍梧之迢递，临回江之威夷。悟时俗之多累，仰箕山之余辉，羡斯岳之弘敞，心慷慨以忘归。情舒放而远览，接轩辕之遗音，慕老童于騩隅，钦泰容之高吟，顾兹梧而兴虑，思假物以托心。乃断孙枝，准量所任，至人摅思，制为雅琴。乃使离子督墨，匠石奋斤，夔、襄荐法，般、倕骋神，锼会裛厕，朗密调均，华绘雕琢，布藻垂文，错以犀象，籍以翠绿，弦以园客之丝，徽以钟山之玉。爰有龙凤之象，古人之形。伯牙挥手，钟期听声，华容灼爚，发采扬明，何其丽也。伶伦比律，田连操张，进御君子，新声嘹亮，何其伟也。

及其初调，则角羽俱起，宫徵相证，参发并趣，上下累应，踸踔磊硌，美声将兴，固以和昶而足耽矣。尔乃理正声，奏妙曲，扬白雪，发清角，纷淋浪以流离，奂淫衍而优渥，粲奕奕而高逝，驰岌岌以相属，沛腾遌而竞趣，翕韡晔而繁缛。状若崇山，又象流波，浩兮汤汤，郁兮峨峨，怫惘烦冤，纡余婆娑，陵纵播逸，霍濩纷葩。检容授节，应变合度，兢名擅业，安轨徐步，洋洋习习，声烈遐布，含显媚以送终，飘余响乎泰素。若乃高轩飞观，广夏闲房，冬夜肃清，朗月垂光，新衣翠粲，缨徽流芳。于是器冷弦调，心闲手敏，触批如志，惟意所拟，初涉《渌水》，中奏《清徵》，雅昶唐尧，终咏微子，宽明弘润，优游踌跱，拊弦安歌，新声代起。歌曰：凌扶摇兮憩瀛洲，要列子兮为好仇，餐沆瀣兮带朝霞，眇翩翩兮薄天游，齐万物兮超自得，委性命兮任去留，激清响以赴会，何弦歌之绸缪。于是曲引向阑，众音将歇，改韵易调，奇弄乃发，扬和颜，攘皓腕，飞纤指以驰骛，纷𩅦𩆉以流漫，或徘徊顾慕，拥郁抑按，盘桓毓养，从容秘玩，闼尔奋逸，风骇云乱，牢落凌厉，布濩半散，丰融披离，斐韡奂爛，英声发越，采采粲粲。或间声错糅，状若诡赴，双美并进，骈驰翼驱，初若将乖，后卒同趣。或曲而不屈，直而不倨，或相凌而不乱，或相离而不殊，时劫掎以慷慨，或怨𡟭而踌躇，忽飘摇以轻迈，乍留联而扶疏。或参谭繁促，复叠攒仄，纵横络绎，奔遁相逼，拊嗟累赞，间不容息，瑰艳奇伟，殚不可识。若乃闲舒都雅，洪纤有宜，清和条昶，案衍陆离，穆温柔以怡怿，婉顺叙而委蛇，或乘险投会，邀隙趋危，嘤若离鹍鸣清池，翼若游鸿翔曾崖，纷文斐尾，慊縿离纚，微风余音，靡靡猗猗。或楼批栎捋，缥缭潎洌，轻行浮弹，明婳睽慧，疾而不速，留而不滞，翩绵飘邈，微音迅逝。远而听之，若鸾凤和鸣戏云中，迫而察之，若众葩敷荣曜春风，既丰赡以多姿，又善始而令终，嗟姣妙以弘丽，何变态之无穷。若夫三春之初，丽服以时，乃携友生，以遨以嬉，涉兰圃，登重基，背长林，翳华芝，临清流，赋新诗，嘉鱼龙之逸豫，乐百卉之荣滋，理重华之遗操，慨远慕而长思，若乃华堂曲宴，密友近宾，兰肴兼御，旨酒清醇，进南荆，发西秦，绍陵阳，度巴人，变用杂而并起，竦众听而骇神，料殊功而比操，岂笙籥之能伦。若次其曲引所宜，则广陵止息，东武太山，飞龙鹿鸣，鹍鸡游弦，更唱迭奏，声若自然，流楚窈窕，惩躁雪烦。下逮谣俗，蔡氏五曲，王昭楚妃，千里别鹤，犹有一切，承间簉乏，亦有可观者焉。然非夫旷远者，不能与之嬉游，非夫渊静者，不能与之闲止，非夫放达者，不能与之无吝，非夫至精者，不能与之析理也。

若论其体势，详其风声，器和故响逸，张急故声清，间辽故音庳，弦长故徽鸣，性洁静以端理，含至德之和平，诚可以感荡心志，而发泄幽情矣。是故怀戚者闻之，莫不憯懔惨凄，愀怆伤心，含哀懊咿，不能自禁；其康乐者闻之，则欨愉欢释，抃舞踊溢，留连爛漫，嗢噱终日；若和平者听之，则怡养悦愉，淑穆玄真，恬虚乐古，弃事遗身。是以伯夷以之廉，颜回以之仁，比干以之忠，尾生以之信，惠施以之辩给，万石以之讷慎。其余触类而长，所致非一，同归殊途，或文或质，总中和以统物，咸日用而不失，其感人动物，盖亦弘矣。于时也，金石寝声，匏竹屏气，王豹辍讴，狄牙丧味，天吴踊跃于重渊，王乔披云而下坠，舞鸑鷟于庭阶，游女飘焉而来萃，感天地以致和，况跂行之众类，嘉斯器之懿茂，咏兹文以自慰，永服御而不厌，信古今之所贵。

乱曰：愔愔琴德，不可测兮，体清心远，邈难极兮，良质美手，遇今世兮，纷纶翕响，冠众艺兮，识音者希，孰能珍兮，能尽雅琴，惟至人兮。

与山巨源绝交书

康白：足下昔称吾于颍川，吾常谓之知言。然经怪此意，尚未熟悉于足下，何从便得之也。前年从河东还，显宗阿都，说足下议以吾自代，事虽不行，知足下故不知之。足下傍通，多可而少怪；吾直性狭中，多所不堪，偶与足下相知耳，间闻足下迁，惕然不喜，恐足下羞庖人之独割，引尸祝以自助，手荐鸾刀，漫之膻腥，故具为足下陈其可否。

吾昔读书，得并介之人，或谓无之，今乃信其真有耳。性有所不堪，真不可强；今空语同知有达人，无所不堪，外不殊俗，而内不失正，与一世同其波流，而悔吝不生耳。老子庄周，吾之师也，亲居贱职；柳下惠东方朔达人也，安乎卑位，吾岂敢短之哉。又仲尼兼爱，不羞执鞭，子文无欲卿相，而三登令尹，是乃君子思济物之意也。所谓达则兼善而不渝，穷则自得而无闷，以此观之，故尧舜之君世，许由之岩栖，子房之佐汉，接舆之行歌，其揆一也。仰瞻数君，可谓能遂其志者也。故君子百行，殊途而同致，循性而动，各附所安，故有处朝廷而不出，入山林而不返之论。且延陵高子臧之风，长卿慕相如之节，志气所托，不可夺也。吾每读尚子平台孝威传，慨然慕之，想其为人。少加孤露，母兄见骄，不涉经学，性复疏懒，筋驽肉缓，头面常一月十五日不洗，不大闷痒，不能沐也。每常小便而忍不起，令胞中略转乃起耳。又纵逸来久，情意傲散，简与礼相背，懒与慢相成，而为侪类见宽，不攻其过。又读庄、老，重增其放，故使荣进之心日颓，任实之情转笃。此由禽鹿少见训育，则服从教制，长而见羁，则狂顾顿缨，赴蹈汤火，虽饰以金镳，飨以嘉肴，愈思长林而志在丰草也。

阮嗣宗口不论人过，吾每师之，而未能及，至性过人，与物无伤，惟饮酒过差耳。至为礼法之士所绳，疾之如仇，幸赖大将军保持之耳。吾不如嗣宗之贤，而有慢弛之阙，又不识人情，暗于机宜；无万石之慎，而有好尽之累，久与事接，疵衅日兴，虽欲无患，其可得乎？又人伦有礼，朝廷有法，自惟至熟，有必不堪者七，甚不可者二：卧喜晚起，而当关呼之不置，一不堪也；抱琴行吟，弋钓草野，而吏卒守之，不得妄动，二不堪也；危坐一时，痹不得摇，性复多虱，把搔无已，而当裹以章服，揖拜上官，三不堪也；素不便书，又不喜作书，而人间多事，堆案盈机，不相酬答，则犯教伤义，欲自勉强，则不能久，四不堪也；不喜吊丧，而人道以此为重，已为未见恕者所怨，至欲见中伤者，虽瞿然自责，然性不可化，欲降心顺俗，则诡故不情，亦终不能获无咎无誉如此，五不堪也；不喜俗人，而当与之共事，或宾客盈坐，鸣声聒耳，嚣尘臭处，千变百伎，在人目前，六不堪也；心不耐烦，而官事鞅掌，机务缠其心，世故烦其虑，七不堪也；又每非汤、武而薄周、孔，在人间不止，此事会显，世教所不容，此甚不可一也；刚肠疾恶，轻肆直言，遇事便发，此甚不可二也。以促中小心之性，统此九患，不有外难，当有内病，宁可久处人间耶？又闻道士遗言：饵术黄精，令人久寿，意甚信之；游山泽，观鱼鸟，心甚乐之；一行作吏，此事便废，安能舍其所乐而从其所惧哉？

夫人之相知，贵识其天性，因而济之，禹不逼伯成子高，全其节也。仲尼不假盖于子夏，护其短也。近诸葛孔明不逼元直以入蜀，华子鱼不强幼安以卿相，此可谓能相终始，真相知者也。足下见直木，必不可以为轮，曲者，不可以为桷，盖不欲枉其天才，令得其所也。故四民有业，各以得志为乐，惟达者为能通之，此足下度内耳。不可自见好章甫，强越人以文冕也；己嗜臭腐，养鸳雏以死鼠也。吾顷学养生之术，方外荣华，去滋味，游心于寂寞，以无为为贵。纵无九患，尚不顾足下所好者；又有心闷疾，顷转增笃，私意自试，不能堪其所不乐，自卜已审，若道尽途穷则已耳，足下无事冤之，令转于沟壑也。

吾新失母兄之欢，意常凄切，女年十三，男年八岁，未及成人，况复多病，顾此悢悢，如何可言。今但愿守陋巷，教养子孙，时与亲旧叙阔，陈说平生，浊酒一杯，弹琴一曲，志愿毕矣。足下若嬲之不置，不过欲为官得人，以益时用耳；足下旧知吾潦倒粗疏，不切事情，自惟亦皆不如今日之贤能也。若以俗人皆喜荣华，独能离之，以此为快，此最近之可得言耳。然使长才广度，无所不淹，而能不营，乃可贵耳。若吾多病困，欲离事自全，以保余年，此真所乏耳，岂可见黄门而称贞哉？若趣欲共登王途，期于相致，时为欢益，一旦迫之，必发其狂疾，自非重怨，不至于此也。

野人有快炙背而美芹子者，欲献之至尊，虽有区区之意，亦已疏矣。愿足下勿似之，其意如此，既以解足下，并以为别。嵇康白。

与吕长悌绝交书

康白：昔与足下年时相比，以故数面相亲，足下笃意，遂成大好，由是许足下以至交，虽出处殊途，而欢爱不衰也。及中间少知阿都，志力开悟，每喜足下家复有此弟。而阿都去年，向吾有言，诚忿足下，意欲发举，吾深抑之，亦自恃每谓足下不足迫之，故从吾言。间令足下，因其顺亲，盖惜足下门户，欲令彼此无恙也。又足下许吾，终不击都，以子父六人为誓，吾乃慨然，感足下重言，慰解都，都遂释然，不复兴意；足下阴自阻疑，密表击都，先首服诬都，此为都故，信吾又无言，何意足下苞藏祸心耶？都之含忍足下，实由吾言。今都获罪，吾为负之。吾之负都，由足下之负吾也。怅然失图，复何言哉！若此，无心复与足下交矣。古之君子，绝交不出丑言，从此别矣！临别恨恨。嵇康白。

卜疑集

有宏达先生者，恢廓其度，寂寥疏阔，方而不制，廉而不割，超世独步，怀玉被褐，交不苟合，仕不期达。常以为忠信笃敬，直道而行之，可以居九夷，游八蛮，浮沧海，践河源，甲兵不足忌，猛兽不为患；是以机心不存，泊然纯素，从容纵肆，遗忘好恶，以天道为一指，不识品物之细故也。然而大道既隐，智巧滋繁，世俗胶加，人情万端，利之所在，若鸟之追鸾，富为积蠹，贵为聚怨，动者多累，静者鲜患，尔乃思丘中之隐士，乐川上之执竿也。于是远念长想，超然自失，郢人既没，谁为吾质？

圣人吾不得见，冀闻之于数术。乃适太史贞父之庐而访之，曰：吾有所疑，愿子卜之。

贞父乃危坐操蓍，拂几陈龟，曰：君何以命之？先生曰：吾宁发愤陈诚，谠言帝庭，不屈王公乎？将卑懦委随，承旨倚靡，为面从乎？宁恺悌弘覆，施而不德乎？将进趣世利，苟容偷合乎？宁隐居行义，推至诚乎？将崇饰矫诬，养虚名乎？宁斥逐凶佞，守正不倾，明臧否乎？将傲倪滑稽，挟智任术，为智囊乎？宁与王乔、赤松为侣乎？将进伊挚而友尚父乎？宁隐鳞藏彩，若渊中之龙乎？将舒翼扬声，若云间之鸿乎？宁外化其形，内隐其情，屈身随时，陆沈无名，虽在人间，实处冥冥乎？将激昂为清，锐思为精，行与世异，心与俗并，所在必闻，恒营营乎？宁寥落闲放，无所矜尚，彼我为一，不争不让，游心皓素，忽然坐忘，追羲农而不及，行中路而惆怅乎？将慷慨以为壮，感慨以为亮，上干万乘，下凌将相，尊严其容，高自矫抗，常如失职，怀恨怏怏乎？宁聚货千亿，击锺鼎食，枕藉芬芳，婉娈美色乎？将苦身竭力，剪除荆棘，山居谷饮，倚岩而息乎？宁如伯奋、仲堪，二八为偶，排摈共、鲧，令失所乎？将如箕山之夫，颖水之父，轻贱唐、虞，而笑大禹乎？宁如泰伯之隐德潜让，而不扬乎？将如季札之显节义，慕为子臧乎？宁如老聃之清净微妙，守玄抱一乎？将如庄周之齐物，变化洞达，而放逸乎？宁如夷吾之不吝束缚，而终立霸功乎？将如鲁连之轻世肆志，高谈从俗乎？宁如市南子之神勇内固，山渊其志乎？将如毛公、蔺生之龙骧虎步，慕为壮士乎？此谁得谁失？何凶何吉？时移俗易，好贵慕名，臧文不让位于柳季，公孙不归美于董生，贾谊一当于明主，绛灌作色而扬声；况今千龙并驰，万骥徂征，纷纭交競，逝若流星，敢不惟思，谋于老成哉？太史贞父曰：吾闻至人不相，达人不卜，若先生者，文明在中，见素表璞，内不愧心，外不负俗，交不为利，仕不谋禄，鉴乎古今，涤情荡欲，夫如是吕梁可以游，汤谷可以浴，方将观大鹏于南溟，又何忧于人间之委曲！

养生论

世或有谓：神仙可以学得，不死可以力致者；或云：上寿百二十，古今所同，过此以往，莫非妖妄者；此皆两失其情。

请试粗论之：夫神仙虽不目见，然记籍所载，前史所传，较而论之，其有必矣；似特受异气，禀之自然，非积学所能致也。至於导养得理，以尽性命，上获千余岁，下可数百年，可有之耳。而世皆不精，故莫能得之。何以言之？夫服药求汗，或有弗获，而愧情一集，涣然流离；终朝未餐，则嚣然思食，而曾子衔哀，七日不饥；夜分而坐，则低迷思寝，内怀殷忧，则达旦不瞑；劲刷理鬓，醇醴发颜，仅乃得之，壮士之怒，赫然殊观，植发冲冠；由此言之：精神之于形骸，犹国之有君也；神躁于中，而形丧于外，犹君昏于上，国乱于下也。

夫为稼于汤之世，偏有一溉之功者，虽终归燋爛，必一溉者后枯，然则一溉之益，固不可诬也。而世常谓一怒不足以侵性，一哀不足以伤身，轻而肆之；是犹不识一溉之益，而望嘉谷于旱苗者也。是以君子知形恃神以立，神须形以存，悟生理之易失，知一过之害生，故修性以保神，安心以全身，爱憎不栖于情，忧喜不留于意，泊然无感，而体气和平，又呼吸吐纳，服食养身，使形神相亲，表里俱济也。

夫田种者，一亩十斛，谓之良田，此天下之通称也。不知区种，可百馀斛。田种一也，至于树养不同，则功收相悬。谓商无十倍之价，农无百斛之望，此守常而不变者也。且豆令人重，榆令人瞑，合欢蠲忿，萱草忘忧，愚智所共知也。薰辛害目，豚鱼不养，常世所识也。虱处头而黑，麝食柏而香，颈处险而瘿，齿居晋而黄。推此而言：凡所食之气，蒸性染身，莫不相应。岂惟蒸之使重而无使轻，害之使暗而无使明，薰之使黄而无使坚，芬之使香而无使延哉？故神农曰：上药养命，中药养性者，诚知性命之理，因辅养以通也。而世人不察，惟五谷是见，声色是耽，目惑玄黄，耳务淫哇，滋味煎其府藏，醴醪鬻其肠胃，香芳腐其骨髓，喜怒悖其正气。思虑销其精神，哀乐殃其平粹。

夫以蕞尔之躯，攻之者非一涂，易竭之身，而外内受敌，身非木石，其能久乎？其自用甚者，饮食不节，以生百病，好色不倦，以致乏绝，风寒所灾，百毒所伤，中道夭于众难，世皆知笑悼，谓之不善持生也。至于措身失理，亡之于微，积微成损，积损成衰，从衰得白，从白得老，从老得终，闷若无端，中智以下，谓之自然，纵少觉悟，咸叹恨于所遇之初，而不知慎众险于未兆，是由桓侯抱将死之疾，而怒扁鹊之先见，以觉痛之日，为受病之始也。害成于微而救之于著，故有无功之治。驰骋常人之域，故有一切之寿。仰观俯察，莫不皆然。以多自证，以同自慰，谓天地之理尽此而已矣。纵闻养生之事，则断以已见，谓之不然。其次狐疑，虽少庶几，莫知所由。其次自力服药，半年一年，劳而未验，志以厌衰，中路复废，或益之以畎浍，而泄之以尾闾，欲坐望显报者，或抑情忍欲，割弃荣原，而嗜好常在耳目之前，所希在数十年之后，又恐两失，内怀犹豫，心战于内，物诱于外，交赊相倾，如此复败者。

夫至物微妙，可以理知，难以目识；譬犹豫章生七年，然后可觉耳。今以躁竞之心，涉希静之涂，意速而事迟，望近而应远，故莫能相终。夫悠悠者既以未效不求，而求者以不专丧业，偏恃者以不兼无功，追术者以小道自溺，凡若此类，故欲之者，万无一能成也。善养生者则不然矣，清虚静泰，少私寡欲，知名位之伤德，故忽而不营，非欲而强禁也；识厚味之害性，故弃而弗顾，非贪而后抑也；外物以累心，不存神气，以醇白独著，旷然无忧患，寂然无思虑，又守之以一，养之以和，和理日济，同乎大顺。然后蒸以灵芝，润以醴泉，晞以朝阳，绥以五弦，无为自得，体妙心玄，忘欢而后乐足，遗生而后身存，若此以往，庶可与羡门比寿，王乔争年，何为其无有哉？

答难养生论

答曰：所以贵知而尚动者，以其能益生而厚身也。然欲动则悔吝生，知行则前识立；前识立则志开而物遂，悔吝生则患积而身危。二者不藏之于内，而接于外，只足以灾身，非所以厚生也。夫嗜欲虽出于人，而非道之正，犹木之有蝎，虽木之所生，而非木之宜也。故蝎盛则木朽，欲胜则身枯。然则欲与生不并立，名与身不俱存，略可知矣。而世未之悟，以顺欲为得生，虽有厚生之情，而不识生生之理。故动之死地也。是以古之人知酒肉为甘鸩，弃之如遗；识名位为香饵，逝而不顾。使动足资生，不滥于物；知正其身，不营于外；背其所害，向其所利，此所以用智遂生之道也。故智之为美，美其益生，而不羡生之为贵，贵其乐和而不交，岂可疾智而轻身，勤欲而贱生哉。且圣人宝位，以富贵为崇高者，盖谓人君贵为天子，富有四海。民不可无主而存，主不能无尊而立。故为天下而尊君位，不为一人而重富贵也。又曰：富与贵是人之所欲者，盖为季世恶贫贱，而好富贵也。未能外荣华而安贪贱，且抑使由其道而不争。不可令其力争，故许其心竞。中庸不可得，故与其狂狷。此俗谈耳。不言至人当贪富贵也。圣人不得已而临天下，以万物为心，在宥群生，由身以道，与天下同于自得。穆然以无事为业，坦尔以天下为公，虽居君位，飨万国，恬若素士接宾客也。虽建龙旗，服华衮，忽若布衣之在身。故君臣相忘于上，烝民家足于下。岂劝百姓之尊己，割天下以自私，以富贵为崇高，心欲之而不已哉？且子文三显，色不加悦；柳惠三黜，容不加戚。何者？令尹之尊，不若德义之贵；三黜之贱，不伤冲粹之美。二子尝得富贵于其身，终不以人爵婴心。故视荣辱如一。由此言之，岂云欲富贵之情哉？请问锦衣绣裳，不陈于暗室者；何必顾众，而动以毁誉为欢戚也？夫然，则欲之患其得，得之惧其失，苟患失之无所不至矣。在上何得不骄？持满何得不溢？求之何得不苟？得之何得不失耶？且君子出其言，善则千里之外应之，岂在于多，欲以贵得哉？奉法循理，不絓世网，以无罪自尊，以不仕为逸。游心乎道义，偃息乎卑室，恬愉无遌，而神气条达。岂须荣华，然后乃贵哉？耕而为食，蚕而为衣，衣食周身，则余天下之财。犹渴者饮河，快然以足，不羡洪流。岂待积敛，然后乃富哉？君子之用心若此。盖将以名位为赘瘤，资财为尘垢也，安用富贵乎？故世之难得者，非财也，非荣也，患意之不足耳！意足者，虽耦耕甽亩，被褐啜菽，岂不自得。不足者虽养以天下，委以万物，犹未惬然。则足者不须外，不足者无外之不须也。无不须，故无往而不乏。无所须，故无适而不足。不以荣华肆志，不以隐约趋俗，混乎与万物并行，不可宠辱，此真有富贵也。故遗贵欲贵者，贱及之；故忘富欲富者，贫得之。理之然也。今居荣华而忧，虽与荣华偕老，亦所以终身长愁耳。故老子曰：乐莫大于无忧，富莫大于知足。此之谓也。

难曰：感而思室，饥而求食，自然之理也。诚哉是言！今不使不室不食，但欲令室食得理耳。夫不虑而欲，性之动也；识而后感，智之用也。

性动者，遇物而当，足则无余。智用者，从感而求，倦而不已。故世之所患，祸之所由，常在于智用，不在于性动。今使瞽者遇室，则西施与嫫母同情。聩者忘味，则糟糠与精粺等甘。岂识贤、愚、好、丑，以爱憎乱心哉？君子识智以无恒伤生，欲以逐物害性。故智用则收之以恬，性动则纠之以和。使智止于恬，性足于和。然后神以默醇，体以和成，去累除害，与彼更生。所谓不见可欲，使心不乱者也。纵令滋味常染于口，声色已开于心，则可以至理遣之，多算胜之。何以言之也？夫欲官不识君位，思室不拟亲戚，何者？知其所不得，则不当生心也。故嗜酒者自抑于鸩醴，贪食者忍饥于漏脯。知吉凶之理，故背之不惑，弃之不疑也。岂恨向不得酣饮与大嚼哉？且逆旅之妾，恶者以自恶为贵，美者以自美得贱。美恶之形在目，而贵贱不同，是非之情先著，故美恶不能移也。苟云理足于内，乘一以御外，何物之能默哉？由此言之，性气自和，则无所困于防闲；情志自平，则无郁而不通。世之多累，由见之不明耳。又常人之情，远、虽大莫不忽之；近、虽小莫不存之。夫何故哉？诚以交赊相夺，识见异情也。三年丧不内御，礼之禁也。莫有犯者。酒色乃身之雠也，莫能弃之。由此言之，礼禁虽小不犯，身雠虽大不弃。然使左手据天下之图，右手旋害其身，虽愚夫不为。明天下之轻于其身，酒色之轻于天下，又可知矣。而世人以身殉之，毙而不悔，此以所重而要所轻，岂非背赊而趣交耶？智者则不然矣，审轻重然后动，量得失以居身；交赊之理同，故备远如近。慎微如著，独行众妙之门，故终始无虞。此与夫耽欲而快意者，何殊间哉？

难曰：圣人穷理尽性，宜享遐期，而尧孔上获百年，下者七十，岂复疏于导养乎？案论尧孔虽禀命有限，故导养以尽其寿。此则穷理之致，不为不养生得百年也。且仲尼穷理尽性，以至七十，田父以六弊蠢愚，有百二十者。若以仲尼之至妙，资田父之至拙，则千岁之论奚所怪哉？且凡圣人，有损己为世，表行显功，使天下慕之，三徙成都者。或菲食勤躬，经营四方，心劳形困，趣步失节。或奇谋潜称，爰及干戈，威武杀伐，功利争夺。或修身以明貌，显智以惊愚，藉名高于一世，取准的于天下，又勤诲善诱，聚徒三千，口倦谈议，身疲磬折，形若救孺子，视若营四海。神驰于利害之端，心骛于荣辱之途，俯仰之间，已再抚宇宙之外者。若比之于内视反听，爱气啬精；明白四达，而无执无为；遗世坐忘，以实性全真；吾所不能同也。今不言松柏，不殊于榆柳也，然松柏之生，各以良殖遂性。若养松于灰壤，则中年枯陨。树之于重崖，则荣茂日新。此亦毓形之一观也。窦公无所服御，而致百八十。岂非鼓琴和其心哉？此亦养神之一征也。火蚕十八日，寒蚕三十余日，余以不得逾时之命，而将养有过倍之隆。温肥者早终，凉瘦者迟竭。断可识矣。圉马养而不乘，用皆六十岁。体疲者速凋，形全者难毙。又可知矣。富贵多残，伐之者众也。野人多寿，伤之者寡也。亦可见矣。今能使目与瞽者同功，口与聩者等味，远害生之具，御益性之物。则始可与言养性命矣。

难曰：神农唱粒食之始，鸟兽以之飞走，生民以之视息。今不言五谷，非神农所唱也。既言上药，又唱五谷者：以上药希寡，艰而难致，五谷易殖，农而可久。所以济百姓而继夭阏也。并而存之。惟贤者志其大，不肖者志其小耳。此同出一人，至当归止痛，用之不已；耒耜垦辟，从之不辍；何养命，蔑而不议。此殆玩所先习，怪于所未知。且平原则有枣栗之属，池沼则有菱芡之类，虽非上药，犹□于黍稷之笃恭也。岂云视息之具，惟立五谷哉？又曰：黍稷惟馨，实降神祇。苹蘩蕴藻，非丰肴之匹；潢污行潦，非重酎之对。荐之宗庙，感灵降祉。是知神飨德之与信，不以所养为生。犹九土述职，各贡方物，以效诚耳。又曰：肴粮入体，益不逾旬，以明宜生之验。此所以困其体也。今不言肴粮无充体之益，但谓延生非上药之偶耳。请借以为难。夫所知麦之善于菽，稻之胜于稷，由有效而识之。假无稻稷之域，必以菽麦为珍养，谓不可尚矣。然则世人不知上药良于稻稷，犹守菽麦之贤于蓬蒿，而必天下之无稻稷也。若能仗药以自永，则稻稷之贱，居然可知。君子知其若此，故准性理之所宜，资妙物以养身。植玄根于初九，吸朝霞以济神。今若以肴酒为寿，则未闻高阳有黄发之叟也。若以充性为贤，则未闻鼎食有百年之宾也。且冉生婴疾，颜子短折。穰岁多病，饥年少疾。故狄食米而生癞，疮得谷而血浮，马秣粟而足重，鹰食粒而身留。从此言之，鸟兽不足报功于五谷，生民不足受德于田畴也；而人竭力以营之，杀身以争之。养亲献尊，则□菊菰梁；聘享嘉会，则肴馔旨酒。而不知皆淖溺筋腋，易糜速腐。初虽甘香，入身臭处。竭辱精神，染污六府。郁秽气蒸，自生灾蠹。饕淫所阶，百疾所附。味之者口爽，服之者短祚。岂若流泉甘醴，琼蕊玉英。金丹石菌，紫芝黄精。皆众灵含英，独发奇生。贞香难歇，和气充盈。澡雪五脏，疏彻开明。吮之者体轻。又练骸易气，染骨柔筋。涤垢泽秽，志凌青云。若此以往，何五谷之养哉？且螟蛉有子，果蠃负之，性之变也。

橘渡江为枳，易土而变，形之异也。纳所食之气，还质易性，岂不能哉？故赤斧以练丹赪发，涓子以术精久延，偓佺以松实方目，赤松以水玉乘烟。务光以蒲韭长耳，邛疏以石髓驻年，方回以云母变化，昌容以蓬藁易颜，若此之类，不可详载也。孰云五谷为最，而上药无益哉？又责千岁以来，目未之见，谓无其人。即问谈者，见千岁人，何以别之？欲校之以形，则与人不异；欲验之以年，则朝菌无以知晦朔，蜉蝣无以识灵龟。然则千岁虽在市朝，固非小年之所辨矣。彭祖七百，安期千年。则狭见者谓书籍妄记。刘根遐寝不食，或谓偶能忍饥；仲都冬倮而体温，夏裘而身凉，桓谭谓偶耐寒暑；李少君识桓公玉碗，则阮生谓之逢占而知。尧以天下禅许由，而扬雄谓好大为之。凡若此类，上以周孔为关键，毕志一诚；下以嗜欲为鞭策，欲罢不能。驰骤于世教之内，争巧于荣辱之间，以多同自灭，思不出位，使奇事绝于所见，妙理断于常论，以言变通达微，未之闻也。久愠闲居，谓之无欢；深恨无肴，谓之自愁。以酒色为供养，谓长生为无聊。然则子之所以为欢者，必结驷连骑，食方丈于前也。夫俟此而后为足，谓之天理自然者，皆役身以物，丧志于欲，原性命之情，有累于所论矣。夫渴者惟水之是见，酌者惟酒之是求。人皆知乎生于有疾也。今昔若以从欲为得性，则渴酌者非病，淫湎者非过，桀跖之徒皆得自然，非本论所以明至理之意也。夫至理诚微，善溺于世，然或可求诸身而后悟，校外物以知之者。

人从少至长，降杀，好恶，有盛衰，或稚年所乐，壮而弃之；始之所薄，终而重之。当其所悦，谓不可夺；值其所丑，谓不可欢；然还成易地，则情变于初。苟嗜欲有变，安知今之所耽，不为臭腐？曩之所贱，不为奇美耶？假令厮养暴登卿尹，则监门之类，蔑而遗之。由此言之，凡所区区一域之情耳，岂必不易哉？又饥飧者，于将获所欲，则悦情注心，饱满之后，释然疏之，或有厌恶。然则荣华酒色，有可疏之时。蚺蛇珍于越土，中国遇而恶之；黼黻贵于华夏，裸国得而弃之。当其无用，皆中国之蚺蛇，裸国之黼黻也。以大和为至乐，则荣华不足顾也；以恬澹为至味，则酒色不足钦也。苟得意有地，俗之所乐，皆粪土耳，何足恋哉？今谈者不睹至乐之情，甘减年残生，以从所愿；此则李斯背儒，以殉一朝之欲，主父发愤，思调五鼎之味耳。且鲍肆自玩，而贱兰茝；犹海鸟对太牢而长愁，文侯闻雅乐而塞耳。故以荣华为生具，谓济万世不足以喜耳。此皆无主于内，借外物以乐之；外物虽丰，哀亦备矣。有主于中，以内乐外；虽无钟鼓，乐已具矣。故得志者，非轩冕也；有至乐者，非充屈也；得失无以累之耳。且父母有疾，在困而瘳，则忧喜并用矣。由此言之，不若无喜可知也。然则乐岂非至乐耶？故顺天和以自然，以道德为师友，玩阴阳之变化，得长生之永久，任自然以托身，并天地而不朽者，孰享之哉？

养生有五难：名利不灭，此一难也。喜怒不除，此二难也。声色不去，此三难也。滋味不绝，此四难也。神虑转发，此五难也。五者必存，虽心希难老，口诵至言，咀嚼英华，呼吸太阳，不能不回其操，不夭其年也。五者无于胸中，则信顺日济，玄德日全。不祈喜而有福，不求寿而自延。此养生大理之所效也。然或有行逾曾闵，服膺仁义，动由中和，无甚大之累，便谓仁理已毕，以此自臧。而不荡喜怒，平神气，而欲却老延年者，未之闻也。或抗志希古，不荣名位，因自高于驰骛。或运智御世，不婴祸，故以此自贵。此于用身甫与乡党口齿耆年同耳，以言存生，盖阙如也。或弃世不群，志气和粹，不绝谷茹芝，无益于短期矣。或琼糇既储，六气并御，而能含光内观，凝神复璞，栖心于玄冥之崖，含气于莫大之涘者。则有老可却，有年可延也。凡此数者，合而为用，不可相无。犹辕轴轮辖，不可一乏于舆也。然人若偏见，各备所患；单豹以营内致毙，张毅以趣外失中，齐以戒济西取败，秦以备戎狄自穷，此皆不兼之祸也。积善履信，世屡闻之；慎言语，节饮食，学者识之。过此以往，莫之或知。请以先觉。语将来之觉者。

声无哀乐论

有秦客问于东野主人曰："闻之前论曰：'治世之音安以乐，亡国之音哀以思。'夫治乱在政，而音声应之；故哀思之情，表于金石。安乐之象，形于管弦也。又仲尼闻韶，识虞舜之德；季札听弦，知众国之风。

斯已然之事，先贤所不疑也。今子独以为声无哀乐，其理何居？若有嘉讯，今请闻其说。”主人应之曰：“斯义久滞，莫肯拯救，故令历世，滥于名实。今蒙启导，将言其一隅焉。夫天地合德，万物贵生，寒暑代往，五行以成。故章为五色，发为五音。音声之作，其犹臭味在于天地之间。其善与不善，虽遭遇浊乱，其体自若，而不变也。岂以爱憎易操，哀乐改度哉？及宫商集比，声音克谐，此人心至愿，情欲之所锺。故人知情不可恣，欲不可极故，因其所用，每为之节，使哀不至伤，乐不至淫，斯其大较也。然乐云乐云，钟鼓云乎哉？哀云哀云，哭泣云乎哉？因兹而言，玉帛非礼敬之实，歌舞非悲哀之主也。何以明之？夫殊方异俗，歌哭不同；使错而用之，或闻哭而欢，或听歌而感。然而哀乐之情均也。今用均同之情，而发万殊之声，斯非音声之无常哉？然声音和比，感人之最深者也。劳者歌其事，乐者舞其功。夫内有悲痛之心，则激切哀言。言比成诗，声比成音。杂而咏之，聚而听之，心动于和声，情感于苦言。嗟叹未绝，而泣涕流涟矣。夫哀心藏于苦心内，遇和声而后发；和声无象，而哀心有主。夫以有主之哀心，因乎无象之和声，其所觉悟，惟哀而已。岂复知吹万不同，而使其自已哉。风俗之流，遂成其政。是故国史明政教之得失，审国风之盛衰，吟咏情性以讽其上，故曰：亡国之音哀以思也。夫喜怒哀乐，哀憎渐惧，凡此八者，生民所以接物传情，区别有属，而不可溢者也。夫味以甘苦为称，今以甲贤而心爱，以乙愚而情憎。则爱憎宜属我，而贤于宜属彼也，可以我爱而谓之爱人，我憎则谓之憎人？所喜则谓之喜味，所怒则谓之怒味哉？由此言之，则外内殊用，彼我异名。声音自当以善恶为主，则无关于哀乐。哀乐自当以情感，则无系于声音。名实俱去，则尽然可见矣。且季子在鲁，采诗观礼，以别风雅，岂徒任声以决臧否哉！又仲尼闻韶，叹其一致，是以咨嗟，何必因声以知虞舜之德，然后叹美耶？今粗明其一端，亦可思过半矣。”

秦客难曰：“八方异俗，歌哭万殊，然其哀乐之情，不得不见也。夫心动于中，而声出于心。虽托之于他音，寄之于余声，善听察者，要自觉之不使得过也。昔伯牙理琴而钟子知其所志；隶人击磬，而子产识其心哀；鲁人晨哭，而颜渊察其生离；夫数子者，岂复假智于常音，借验于曲度哉？心戚者则形为之动，情悲者则声为之哀。此自然相应，不可得逃。惟神明者能精之耳。夫能者不以声众为难，不能者不以声寡为易。今不可以为遇善听，而谓之声无可察之理；见方俗之多变，而谓声无哀乐也。又云：贤不宜言爱，愚不宜言憎。然则有贤然后爱生，有愚然后憎起，但不当共其名耳。哀乐之作，亦有由而然。此为声使我哀，音使我乐也。苟哀乐由声，更为有实，何得名实俱去耶？又云：季子采诗观礼，以别风雅；仲尼叹韶音之一致，是以咨嗟。是何言欤？且师襄奏操，而仲尼睹文王之容，师涓进曲，而子野识亡国之音。宁复讲诗而后下言，习礼然后立评哉？斯皆神妙独见，不待留闻积日，而已综其吉凶矣。是以前史以为美谈。今子以区区之近知，齐所见而为限；无乃诬前贤之识微，负夫子之妙察耶？”

主人答曰：“难云：虽歌哭万殊，善听察者要自觉之，不假智于常音，不借验于曲度。钟子之徒云云是也。此为心悲者，虽谈笑鼓舞，情欢者，虽拊膺咨嗟，犹不能御外形以自匿，诳察者于疑似也。以为就令声音之无常，犹谓当有哀乐耳。又曰：季子听声，以知众国之风；师襄奏操，而仲尼文王之容。案如所云，此为文王之功德，与风俗之盛衰，皆可象之于声音。声之轻重，可移于后世，襄涓之巧，能得之于将来。若然者，三皇五帝，可不绝于今日，何独数事哉？若此果然也，则文王之操有常度，韶武之音有定数，不可杂以他变，操以余声也。则向所谓声音之无常，钟子之触类，于是乎踬矣。若音声无，钟子触类，其果然耶？则仲尼之识微，季札之善听，固亦诬矣。此皆俗儒妄记，欲神其事而追为耳。欲令天下惑声音之道，不言理自。尽此而推，使神妙难知，恨不遇奇听于当时，慕古人而叹息，斯所以大罔后生也。夫推类辨物，当先求之自然之道。理已足，然后借古义以明之耳。今未得之于心，而多恃前言以为谈证，自此以往，恐巧历不能纪。又难云：哀乐之作，犹爱憎之由贤愚，此为声使我哀，而音使我乐。苟哀乐由声，更为有实矣。夫五色有好丑，五声有善恶，此物之自然也。至于爱与不爱，人情之变，统物之理，惟止于此。然皆无豫于内，待物而成耳。至夫哀乐自以事会，先遘于心，但因和声，以自显发；故前论以明其无常，今复假此谈以正名号耳。不谓哀乐发于声音，如爱憎之生于贤愚也。然和声之感人心，亦犹酒醴之发人情也。酒以甘苦为主，而醉者以喜怒为用。其见欢戚为声发，而谓声有哀乐，犹不可见喜怒为酒使，而谓酒有喜怒之理也。”

秦客难曰：“夫观气采色，天下之通用也。心变于内，而色应于外，较然可见。故吾子不疑。夫声音，气之激者也，心应感而动，声从变而发；心有盛衰，声亦降杀。同见役于一身，何独于声便当疑耶？夫喜怒章于色诊，哀乐亦宜形于声音，声音自当有哀乐，但暗者不能识之。至钟子之徒，虽遭无常之声，则颖然独见矣。今矇瞽面墙而不悟，离娄照秋毫于百寻，以此言之，则明暗殊能矣。不可守咫尺之度，而疑离娄之察；执中庸之听，而猜钟子之聪。皆谓古人为妄记也。”

主人答曰：“难云：心应感而动，声从变而发，心有盛衰，声亦降杀。哀乐之情，必形于声音。钟子之徒，虽遭无常之声，则颖然独见矣。必若所言，则浊质之饱，首阳之饥，卞和之冤，伯奇之悲，相如之含怒，不占之怖祗，千变百态。使各发一咏之歌，同启数弹之微，则钟子之徒，各审其情矣。尔为听声音者，不以寡众易思，察情者不以大小为异？同出一身者，斯于识之也。设使从下，则子野之徒，亦当复操律鸣管，以考其音，知南风之盛衰，别雅郑之淫正也。夫食辛之与甚噱，熏目之与哀泣，同用出泪，使易牙尝之，必不言乐泪甜而哀泪苦。斯可知矣。何者？肌液肉汗，踧笮便出，无主于哀乐，犹簁酒之囊漉，虽笮具不同，而酒味不变也。声俱一体之所出，何独当含哀乐之理耶？且夫咸池六茎，大章韶夏，此先王之至乐，所以动天地感鬼神。今必云声音，莫不象其体，而传其心；此必为至乐，不可托之于瞽史，必须贤人理其弦管，尔乃雅音得全也。顺命夔击石拊石，八音克谐，神人以和。以此言之，至乐虽待圣人而作，不必圣人自执也。何者？音声有自然之和，而无系于人情。克谐之音，成于金石，至和之声，得于管弦也。夫纤毫自有形可察，故离瞽以明暗异功耳。若以水济水，孰异之哉？”

秦客难曰：“虽众喻有隐，足招攻难，然其大理，当有所就。若葛卢闻牛鸣，知其三子为牺；师旷吹律，知南风不竞，楚师必败；羊舌母听闻儿啼，而审其丧家。凡此数事，皆效于上世，是以咸见录载。推此而言，则盛衰吉凶，莫不存乎声音矣。今若复谓之诬罔，则前言往记，皆为弃物，无用之也。以言通论，未之或安。若能明其所以，显其所由，设二论俱济，愿重闻之。”

主人答曰：“吾未能反三隅者，得意而忘言，是以前论略未详。今复烦循环之难，敢不自一竭耶。夫鲁牛能之牺历之丧生，哀三子之不存；含悲经年，诉怨葛卢，此为心与人同，异于兽形耳。此又吾之所疑也。且牛非人类，无道相通。若谓鸣兽皆能有，口葛卢受性独晓之，此为解其语而论其事，犹传译异言耳，不为考声音而知其情，则非所以为难也。若谓知者，当触物而达，无所不知。今且先议其所易者。请问圣人卒入胡域，当知其所言否乎？难者必曰：知之。知之之理，何以明之？愿借子之难以立鉴识之域焉。或当与关，接识其言耶？将吹律鸣管，校其音耶？观气采色，知其心耶？此为知心，自由气色；虽自不言，犹将知之。知之之道，可不待言也。若吹律校音，以知其心。假令心志于马，而误言鹿。察者固当由鹿以知马也。此为心不系于所言，言或不足以证心也。若当关接而知言，此为孺子学言于所师，然后知之。则何贵于聪明哉。夫言非自然一定之物，五方殊俗，同事异号。举一名，以为标识耳。夫圣人穷理，谓自然可寻，无微不照。理蔽则虽近不见。故异域之言，不得强通。推此以往，葛卢之不知牛鸣，得不全乎？又难云：师旷吹律，知南风不競，楚多死声，此又吾之所疑也。请问师旷吹律之时，楚国之风耶？则相去千里，声不足达；若正识楚国，来入律中耶？则楚南有吴越，北有梁宋，苟不见其原，奚以识之哉？凡阴阳愤激，然后成风；气之相感，触地而发，何得发楚庭，来入晋乎？且又律吕分四时之气耳，时至而气动，律应而灰移。皆自然相待，不假人以为用也。上生下生，所以均五声之和，叙刚柔之分也。然律有一定之声，虽冬吹中吕，其音自满而无损也。今以晋人之气，吹无损之律，楚风安得来入其中，与为盈缩耶？风无形，声与律不通，则校理之地无取于风律，不其然乎？岂独师旷多识博物，自有以知胜败之形，欲固众心，而托以神微。若伯常骞之许景公寿哉！又难云：羊舌母听闻儿啼，而审其丧家复请问何由知之？为神心独悟，暗语而当耶？尝闻儿啼，若此其大而恶，今之啼声，似昔之啼声。故知其丧家耶？若神心独悟，暗语之当，非理之所得也。虽曰听啼，无取验于儿声矣。若以尝闻之声为恶，故知今啼当恶，此为以甲声为度，以校乙之啼也。夫声之于音，犹形之于心也。有形同而情乖，貌殊而心均者；何以明之？圣人齐心等德，而形状不同也。苟心同而形异，则何言乎观形而知心哉？且口之激气为声，何异于籁籥纳气而鸣耶？啼声之善恶，不由儿口吉凶，由琴瑟之清浊，不在操者之工拙也。心能辨理善谈，而不能令内籥调利，由瞽者能善其曲度，而不能令器必清和也。器不假妙瞽而良，籥不因慧心而调。然则心之与声，明为二物。二物之诚然，则求情者不留观于形貌，揆心者不借听于声音也。察者欲因声以知心，不亦外乎？今晋母未得之于老成，而专信昨日之声，以证今日之啼，岂不误中于前世好奇者，从而称之哉？”

秦客难曰：“吾闻败者不羞走，所以全也。吾心未厌，而言难，复更从其余。今平和之人，听筝笛琵琶，则形躁而志越；闻琴瑟之音，则听静而心闲。同一器之中，曲用每殊，则情随之变。奏琴声则叹慕而慷慨，理齐楚则情一而思专，肆姣弄则欢放而欲惬。心为声变，若此其众。苟躁静由声，则何为限其哀乐？而但云至和之声，无所不感；托大同于声音，归众变于人情。得无知彼不明此哉？”

主人答曰：“难云：琵琶筝笛，令人躁越。又云：曲用每殊，而情随之变。此诚所以使人常感也。琵琶筝笛，间促而声高，变众而节数。以高声御节数，故使形躁而志越。犹铃铎警耳，钟鼓骇心。故闻鼓鞞之音，则思将帅之臣；盖以声音有大小，故动人有猛静也。琴瑟之体，间辽而音埤，变希而声清，以埤音御希变，不虚心静听，则不尽清和之极。是以听静而心闲也。夫曲用不同，亦犹殊器之音耳。齐楚之曲多重，故情一；变妙，故思专。姣弄之音，挹众声之美，会五音之和，其体赡而用博，故心侈于众理；五音会，故欢放而欲惬。然皆以单、复、高、埤、善、恶为体，而人情以躁静专散为应。譬犹游观于都肆，则目滥而情放；留察于曲度，则思静而容端。此为声音之体，尽于舒疾；情之应声，亦止于躁静耳。夫曲用每殊，而情之处变，犹滋味异美，而口辄识之也。五味万殊，而大同于美；曲变虽众，亦大同于和。美有甘，和有乐；然随曲之情，近乎和域；应美之口，绝于甘境，安得哀乐于其间哉？然人情不同，自师所解，则发其所怀。若言平和哀乐正等，则无所先发，故终得躁静。若有所发，则是有主于内，不为平和也。以此言之，躁静者，声之功也；哀乐者，情之主也；不可见声有躁静之应，因谓哀乐皆由声音也。且声音虽有猛静，猛静各有一和，和之所感，莫不自发。何以明之？夫会宾盈堂，酒酣奏琴，或忻然而欢，或惨尔而泣，非进哀于彼，导乐于此也。其音无变于昔，而欢戚并用，斯非吹万不同耶？夫惟无主于喜怒，亦应无主于哀乐，故欢戚俱见。若资偏固之音，含一致之声，其所发明，各当其分。则焉能兼御群理，总发众情耶？由是言之：声音以平和为体，而感物无常；心志以所俟为主，应感而发。然则声之与心，殊途异轨，不相经纬，焉得染太和于欢戚，缀虚名于哀乐哉？”

秦客难曰：“论云：猛静之音，各有一和，和之所感，莫不自发，是以酒酣奏琴而欢戚并用。此言偏重之情，先积于内，故怀欢者值哀因而发，内戚者遇乐声而感也。夫声音自当有一定之哀乐，但声化迟缓，不可仓悴，不能对易。偏重之情，触物而作。故令哀乐同时而应耳。虽二情俱见，则何损于声音有定理耶？”

主人答曰："难云：哀乐自有定声，但偏重之情不可卒移，故怀感戚者遇乐声而哀耳。即知所言，声有定分；假使鹿鸣重奏，是乐声也；而令戚者遇之，虽声化迟缓，但当不能便变令欢耳。何得更以哀耶？犹一爝之火，虽未能温一室，不宜复增其寒矣。夫火非隆寒之物，乐非增哀之具也。理弦高堂，而欢戚并用者，直至和之发滞导情，故令外物所感，得自尽耳。难云：偏重之情，触物而作，故令哀乐同时而应耳。夫言哀者，或见机杖而泣，或睹舆服而悲，徒以感人亡而物存，痛事显而形潜。其所以会之，皆自有由，不为触地而生哀，当席而泪出也。今见机杖以致感，听和声而流涕者，斯非和之所感，莫不自发也。"

秦客难曰："论云：酒酣奏琴，而欢戚并用。欲通此言，故答以偏情，感物而发耳。今且隐心而言，明之以成效。夫人心不欢则戚，不戚则欢，此情志之大域也。然泣是戚之伤，笑是欢之用。盖闻齐楚之曲者，惟睹其哀涕之容，而未曾见笑噱之貌，此必齐楚之曲，以哀为体，故其所感，皆应其度量。岂徒以多重而少变，则致精一而思专耶？若诚能致泣，则声音之有哀乐，断可之矣。"

主人答曰："虽人情感于哀乐，哀乐各有多少。又哀乐之极，不必同致也。夫小哀容坏，甚悲而泣；哀之方也。小欢颜悦，至乐心愉；乐之理也。何以明之？夫至亲安豫，则恬若自然，所自得也。及在危急，仅然后济，然抃不及舞。由此言之，舞不若向之自得，岂不然哉？至夫笑噱，虽出于欢情，然自然应声之具也。此为乐之应声，以自得为主；哀之应感，以垂涕为故。垂涕则行动而可觉，自得则神合而无变。是以观其异，而不识其同；别其外，而未察其内耳。然笑噱之不显于声音，岂独齐楚之曲耶？今不求乐于自得之域，而以无笑噱谓齐楚体哀，岂不知哀而不识乐乎？"

秦客问曰："仲尼有言：移风易俗，莫善于乐。即如所论，凡百哀乐，皆不在声，则移风易俗，果以何物耶？又古人慎靡靡之风，抑滔耳之声。故曰：放郑声，远佞人。然则郑魏之音，击鸣球以协神人，敢问郑雅之体，降弊所极，风俗移易，奚由而济？愿重闻之，以悟所疑。"

主人应之曰："夫言移风易俗者，必承衰弊之后也。古之王者，承天理物，必崇简易之教，御无为之治。君静于上，臣顺于下；玄化潜通，天人交泰。枯槁之类，浸育灵液，六合之内，沐浴鸿流，荡涤尘垢；群生安逸，自求多福；默然从道，怀忠抱义，而不觉其所以然也。和心足于内，和气见于外；故歌以叙志，舞以宣情。然后文之以采章，照之以风雅，播之以八音，感之以太和；导其神气，养而就之；迎其情性，致而明之；使心与理相顺，和与声相应。合乎会通，以济其美。故凯乐之情，见于金石，含弘光大，显于音声也。若以往则万国同风，芳荣济茂，馥如秋兰；不期而信，不谋而诚，穆然相爱；犹舒锦彩，而粲炳可观也。大道之隆，莫盛于兹，太平之业，莫显于此。故曰：移风易俗，莫善于乐。乐之为体，以心为主。故无声之乐，民之父母也。至八音会协，人知所悦，亦总谓之乐。然风俗移易，不在此也。夫音声和比，人情所不能已者也。是以古人知情不可放，故抑其所遁；知欲不可绝，故因其可致。为可奉之礼，致可导之乐。口不尽味，乐不极音；揆终始之宜，度贤愚之中，为之检，则使远近同风，用而不竭，亦所以结忠信，著不迁也。故乡校庠塾亦随之变。丝竹与俎豆并存，羽毛与揖让俱用，正言与和声同发。始将听是声也，必闻此言；将观是容也，必崇此礼。礼犹宾主升降，然后酬酢行焉。于是言语之节，声音之度，揖让之仪，动止之数，进退相须，共为一体。君臣用之于朝，庶士用之于家。少而习之，长而不怠，心安志固，从善日迁，然后临之以敬，持之以久而不变，然后化成。此又先王用乐之意也。故朝宴聘享，嘉乐必存；是以国史采风俗之盛衰，寄之乐工，宣之管弦，使言之者无罪，闻之者足以诫。此又先王用乐之意也。若夫郑声，是音声之至妙。妙音感人，犹美色惑志，耽盘荒酒，易以丧业。自非至人，孰能御之？先王恐天下流而不反，故具其八音，不渎其声，绝其大和，不穷其变。损窈窕之声，使乐而不淫，犹大羹不和，不极勺药之味也。若流俗浅近，则声不足悦，又非所欢也。若上失其道，国丧其纪，男女奔随，淫荒无度；则风以此变，俗以好成。尚其所志，则群能肆之；乐其所习，则何以诛之？托于和声，配而长之，诚动于言，心感于和，风俗一成，因而名之。然所名之声，无□于淫邪也。淫之与正同乎心，雅郑之体，亦足以观矣。”

释私论

夫称君子者：心无措乎是非，而行不违乎道者也。何以言之？夫气静神虚者，心不存于矜尚；体亮心达者，情不系于所欲。矜尚不存乎心，故能越名教而任自然；情不系于所欲，故能审贵贱而通物情。物情顺通，故大道无违；越名任心，故是非无措也。是故言君子，则以无措为主，以通物为美。言小人，则以匿情为非，以违道为阙。何者？匿情矜吝，小人之至恶；虚心无措，君子之笃行也。是以大道言：及吾无身，吾又何患，无以生为贵者，是贤于贵生也。由斯而言，夫至人之用心，固不存有措矣。是故伊尹不惜贤于殷汤，故世济而名显；周旦不顾贤而隐行，故假摄而化隆。夷吾不匿情于齐桓，故国霸而主尊。其用心，岂为身而系乎私哉？故《管子》曰：君子行道，忘其为身。斯言是矣。君子之行贤也，不察于有度，而后行也。任心无邪，不议于善而后正也。显情无措，不论于是而后为也。

是故傲然忘贤，而贤与度会；忽然任心，而心与善遇；傥然无措，而事与是俱也。故论公私者，虽云志道存善，□无凶邪，无所怀而不匿者，不可谓无私。虽欲之伐善，情之违道，无所抱而不显者，不可谓不公。今执必公之理，以绳不公之情，使夫虽为善者，不离于有私；虽欲之伐善，不陷于不公。重其名而贵其心，则是非之情，不得不显矣。是非必显，有善者无匿情之不是，有非者不加不公之大非，无不是则善莫不得，无大非则莫过其非，乃所以救其非也。非徒尽善，亦所以厉不善也。夫善以尽善，非以救非；而况乎以是非之至者。故善之与不善，物之至者也。若处二物之间，所往者，必以公成而私败。同用一器，而有成有败。

夫公私者，成败之途，而吉凶之门乎。故物至而不移者寡，不至而在用者众。若质乎中人之性，运乎在用之质，而栖心古烈，拟足公涂，值心而言，则言无不是；触情而行，则事无不吉。于是乎同之所措者，乃非所措也；俗之所私者，乃非所私也。言不计乎得失而遇善，行不准乎是非而遇吉，岂公成私败之数乎？夫如是也，又何措之有哉？故里凫显盗，晋文恺悌，勃鞮号罪，忠立身存；缪贤吐衅，言纳名称；渐离告诚，一堂流涕；然数子，皆以投命之祸，临不测之机，表露心识，犹以安全；况乎君子无彼人之罪，而有其善乎？措善之情，其所病也。惟病病，是以不病；病而能疗，亦贤于疗矣。

然事亦有似非而非非，类是而非是者，不可不察也。故变通之机，或有矜以至让，贪以致廉，愚以成智，忍以济仁；然矜吝之时，不可谓无廉，情忍之形，不可谓无仁；此似非而非非者也。或谗言似信，不可谓有诚；激盗似忠，不可谓无私，此类是而非是也。故乃论其用心，定其所趣，执其辞而准其理，察其情以寻其变；肆乎所始，名其所终；则夫行私之情，不得因乎似非而容其非；淑亮之心，不得蹈乎似是而负其是。故实是以暂非而后显，实非以暂是而后明。公私交显，则行私者无所冀，而淑亮者无所负矣。行私者无所冀，则思改其非；立功者无所忌，则行之无疑；此大治之道也。故主妾覆醴，以罪受戮；王陵庭争，而陈平顺旨。于是观之：非似非非者乎？明君子之笃行，显公私之所在，阖堂盈阶，莫不寓目而曰：善人也。然背颜退议而含私者，不复同耳！抱□而匿情不改者，诚神以丧于所惑，而体以溺于常名。心以制于所慑，而情有系于所欲，咸自以为有是而莫贤乎已。未有功期之惨，骇心之祸，遂莫能收情以自反，弃名以任实。乃心有是焉，匿之以私；志有善焉，措之为恶。不措所措，而措所不措。不求所以不措之理，而求所以为措之道；故时为措，而暗于措，是以不措为拙，措为工。惟惧隐之不微，惟患匿之不密；故有矜忤之容，以观常人；矫饰之言，以要俗誉。谓永年良规，莫盛于兹；终日驰思，莫窥其外；故能成其私之体，而丧其自然之质也。

于是隐匿之情，必存乎心；伪怠之机，必形乎事。若是，则是非之议既明，赏罚之实又笃；不知冒阴之可以无景，而患景之不匿。不知无措之可以无患，而患措之不以，岂不哀哉！是以申侯苟顺，取弃楚泰；宰嚭耽私，卒享其祸。由是言之，未有抱隐顾私，而身立清世；匿非藏情，而信著明君者也。君子既有其质，又观其鉴；贵夫亮达，布而存之，恶夫矜吝，弃而远之。所措一非，而内愧乎神；贱隐一阙，而外惭其形。言无苟讳，而行无苟隐。不以爱之而苟善，不以恶之而苟非。心无所矜，而情无所系，体清神正，而是非允当。忠感明天子，而信笃乎万民。寄胸怀于八荒，垂坦荡以永日。斯非贤人君子，高行之美异者乎？

或问曰：第五伦有私乎哉？曰：昔吾兄子有疾，吾一夕十往省，而反寐自安。吾子有疾，终朝不往视，而通夜不得眠。若是，可谓私乎？非私也？答曰：是非也，非私也。夫私以不言为名，公以尽言为称，善以无名为体，非以有措为负。今第五伦显情，是非无私也；矜往不眠，是有非也。无私而有非者，无措之志也。夫言无措者，不齐于必尽也；言多吝者，不具于不言而已。故多吝有非，无措有是。然无措之所以有是，以志无所尚，心无所欲，达乎大道之情，动以自然，则无道以至非也。抱一而无措，而无私。无非兼有二义，乃为绝美耳。若非而能言者，是贤于不言之私，非无情以非之大者也。今第五伦有非而能显，不可谓不公也；所显是非，不可谓有措也。有非而谓私，不可谓不惑；公私之理也。

管蔡论

或问曰："案记，管蔡流言，叛戾东都。周公征讨，诛以凶逆。顽恶显著，流名千里。且明父圣兄，曾不鉴凶愚于幼稚，觉无良之子弟；而乃使理乱殷之弊民，显荣爵于藩国；使恶积罪成，终遇祸害。于理不通，心无所安。愿闻其说。"

答曰："善哉！子之问也。昔文武之用管蔡以实，周公之诛管蔡以权。权事显，实理沈，故令时人全谓管蔡为顽凶，方为吾子论之。夫管蔡皆服教殉义，忠诚自然，是以文王列而显之；发旦二圣举而任之；非以情亲而相私也。乃所以崇德礼贤，济殷弊民，绥辅武庚，以兴顽俗，功业有绩，故旷世不废，名冠当时，列为藩臣。逮至武卒，嗣诵幼冲，周公践政，率朝诸侯。思光前载，以隆王业。而管蔡服教，不达圣权；卒遇大变，不能自通。忠疑乃心，思在王室。遂乃抗言率众，欲除国患。翼存天子，甘心毁旦。斯乃愚诚愤发，所以徼福也。成王大悟，周公显复，一化齐俗，义以断恩；虽内信如心，外体不立，称兵叛乱，所惑者广。是以隐忍授刑，流涕行诛，示以赏罚，不避亲戚。荣爵所显，必钟盛德；戮挞所施，必加有罪。斯乃为教之正，体古今之明议也，管蔡虽怀忠抱诚，要为罪诛。罪诛已显，不得复理。内必幽伏，罪恶遂章。幽章之路大殊，故令奕世未蒙发起。然论者承名信行，便以管蔡为恶；不知管蔡之恶，乃所以令三圣为不明也。若三圣未为不明，则圣不祐恶而任顽凶。不容于时世，则管蔡无取私于父兄；而见任必以忠良，则二叔故为淑善矣。今若本三圣之用明，思显授之实理，推忠贤之暗权，论为国之大纪，则二叔之良乃显，三圣之用也有以，流言之故有缘，周公之诛是矣。且周公居摄，邵公不悦。惟此言，则管蔡怀疑，未为不贤，而忠贤可不达权，三圣未为用恶，而周公不得不诛。若此，三圣所用信良，周公之诛得宜，管蔡之心见理。尔乃大义得通，内外兼叙，无相伐负者；则时论亦得释然而大解也。"

明胆论

有吕子者，精义味道，研核是非。以为人有胆可乐明，有明便有胆矣。嵇先生以为明胆殊用，不能相生。

论曰："夫元气陶铄，众生禀焉。赋受有多少，故才性有昏明。惟至人特钟纯美，兼周外内，无不毕备。降此已往，盖阙如也。或明于见物，或勇于决断。人情贪廉，各有所止。譬诸草木，区以别矣。兼之者博于物，偏受者守其分。故吾谓明胆异气，不能相生。明以见物，胆以决断，专明无胆，则虽见不断，专胆无明，达理失机。故子家软弱，陷于弑君；左师不断，见逼华臣；皆智及之而决不行也。此理坦然，非无疑滞。故略举一隅，想不重疑。"

吕子曰："敬览来论，可谓海亦不加者矣。折理贵约而尽情，何尚浮秽而迂诞哉？今子之论，乃引浑元以为喻，何辽辽而坦谩也。故直答以人事之切要焉。汉之贾生，陈切直之策，奋危言之至。行之无疑，明所察也。忌鹏作赋，暗所惑也。一人之胆，岂有盈缩乎？盖见与不见，故行之有果否也。子家左师，皆愚惑浅弊，明不彻达，故惑于暧昧，终丁祸害。岂明见照察而胆不断乎？故霍光怀沈勇之气，履上将之任，战乎王贺之事。延年文生，夙无武称，陈义奋辞，胆气凌云，斯其验欤。及於期授首，陵母伏剑，明果之俦，若此万端，欲详而载之，不可胜言也。况有睹夷途而无敢投足，阶云路而疑于迄泰清者乎？若思弊之伦，为能，自托幽昧之中，弃身陷阱之间，如盗跖窜身于虎吻，穿窬先首于沟渎，而暴虎冯河，愚敢之类，则能有之。是以余谓明无胆，无胆能偏守，易了之理，不在多喻，故不远引繁言。若未反三隅，犹复有疑，思承后诲，得一骋辞。"

"夫论理性情，折引异同，固寻所受之终始，推气分之所由。顺端极末，乃不悖耳。今子欲弃置浑元，捃摭所见，此为好理纲目，而恶持纲领也。本论二气不同，明不生胆，欲极论之，当令一人播无刺讽之胆，而有见事之明。故当有不果之害。非中人血气无之，而复资之以明。二气存一体，则明能运胆，贾谊是也。贾谊明胆，自足相经，故能济事。谁言殊无胆，独任明以行事者乎？子独自作此言，以合其论也。忌鹏暗惑，明所不周，何害于胆乎？明既以见物，胆能行之耳。明所不见，胆当何断？进退相扶，可谓盈缩？就如此言，贾生陈策，明所见也；忌鹏作赋，暗所惑也。尔为明彻于前，而暗惑于后，有盈缩也。苟明有进退，胆亦何为不可偏乎？子然霍光有沈勇，而战于废王，有所挠也。而子言一人胆，岂有盈缩，此则是也。贾生暗鹏，明有所塞也。光惧废立，勇有所挠也。夫惟至明能无所惑，至胆能无所亏耳。苟自非若此，谁无弊损乎？但当总有无之大略，而致论之耳。

"夫物以实见为主，延年奋发，通义凌云，此则胆也。而云夙无武称，此为信宿称而疑成事也。延年处议，明所见也。壮气腾厉，勇之决也。此足以观矣。子又曰：言明无胆，无胆能偏守。案子之言，此则有专胆之人，亦为胆，特自一气矣。五才存体，各有所生。明以阳曜，胆以阴凝。岂可为有阳而生阴，可无阳邪？虽相须以合德，要自异气也。凡余杂说，於期陵母暴虎云云，万言致一，欲以何明邪？幸更详思，不为辞费而已矣。"

难自然好学论

夫民之性，好安而恶危，好逸而恶劳，故不扰则其愿得，不逼则其志从。洪荒之世，大朴未亏。君无文于上，民无競于下。物全理顺，莫不自得。饱则安寝，饥则求食，怡然鼓腹，不知为至德之世也；若此，则安知仁义之端，礼律之文？及至人不存，大道陵迟，乃始作文墨，以传其意，区别群物，使有类族，造立仁义，以婴其心；制为名分，以检其外，勸学讲文，以神其教；故六经纷错，百家繁炽，开荣利之途，故奔骛而不觉。是以贪生之禽，食园池之粱菽，求安之士，乃诡志以从俗，操笔执觚，足容苏息，积学明经，以代稼穑；是以困而后学，学以致荣，计而后习，好而习成，有似自然，故令吾子谓之自然耳。推其原也，六经以抑引为主，人性以从容为欢，抑引则违其愿，从欲则得自然；然则自然之得，不由抑引之六经，全性之本，不须犯情之礼律。故仁义务于理伪，非养真之要术；廉让生于争夺，非自然之所出也。由是言之：则鸟不毁以求驯，兽不群而求畜，则人之真性，无为正当，自然耽此礼学矣。

论又云：嘉肴珍膳，虽所未尝，尝必美之，适于口也。处在暗室，睹烝烛之光，不教而悦得于心，况以长夜之冥，得照太阳，情变郁陶，而发其蒙，虽事以末来，情以本应，则无损于自然好学。

难曰：夫口之于甘苦，身之于痛痒，感物而动，应事而作，不须学而后能，不待借而后有，此必然之理，吾所不易也。今子以必然之理，喻未必然之好学，则恐似是而非之议，学如一粟之论，于是乎在也。今子立六经以为准，仰仁义以为主，以规矩为轩驾，以讲诲为哺乳，由其途则通，乖其路则滞，游心极视，不睹其外，终年驰聘，思不出位，聚族献议，惟学为贵，执书擿句，俛仰咨嗟，使服膺其言，以为荣华，故吾子谓六经为太阳，不学为长夜耳。今若以□堂为丙舍，以诵讽为鬼语，以六经为芜秽，以仁义为臭腐，睹文籍则目瞧，修揖让则变伛，袭章服则转筋，谭礼典则齿龋，于是兼而弃之，与万物为更始，则吾子虽好学不倦，犹将阙焉；则向之不学，未必为长夜，六经未必为太阳也。俗语曰：乞儿不辱马医。若遇上古无文之始，可不学而获安，不勤而得志，则何求于六经，何欲于仁义哉？以此言之，则今之学者，岂不先计而后学？苟计而后动，则非自然之应也。子之云云，恐故得菖蒲菹耳。

难宅无吉凶摄生论

夫神祇遐远，吉凶难明，虽中人自竭，莫得其端，而易以惑道，故夫子寝答于来问终，慎神怪而不言。是以古人显仁于物，藏用于身，知其不可众所共，非故隐之，彼非所明也。吾无意于庶几，而足下师心陋见，断然不疑。繫决如此，足以独断；思省来论，旨多不通，谨因来言，以生此难。方推金木，未知所在，莫有食治。世无自理之道，法无独善之术，苟非其人，道不虚行，礼乐政刑，经常外事，犹有所疏，况乎幽微者耶？纵欲辨明神微，祛惑起滞，立端以明所由，□断以检其要，乃为□微；若但撮提群愚，□□蚕种，忿而弃之，因谓无阴阳吉凶之理，得无似噎而怨粒稼，溺而责舟楫者耶？

论曰：百年之宫，不能令殇子寿；孤逆魁冈，不能令彭祖夭。又曰：许负之相条侯，英布之黥而后王，皆性命也。应曰：此为命有所定，寿有所在，祸不可以智逃，福不可以力致。英布畏痛，卒罹刀锯，亚夫忌馁，终有饿患，万事万物，凡所遭遇，无非相命也。然唐虞之世，命何同延？长平之卒，命何同短？此吾之所疑也。即如所论，虽慎若曾颜，不得免祸，恶若桀跖，故当昌炽，吉凶素定，不可推移，则古人何言“积善之家，必有馀庆？”“履信思顺，自天祐之？”必积善而后福应，信著而后祐来；犹罪之招罚，功之致赏也。苟先积而后受报，事理所得，不为闇自遇之也；若皆谓之是相，此为决相命于行事，定吉凶于知力，恐非本论之意，此又吾之所疑也。又云：“多食不消，必须黄丸。”苟命自当生，多食何畏？而服良药？若谓服药是相之所一，宅岂非是一耶？若谓虽命犹当，须药自济；何知相不须宅以自辅乎？若谓药可论而宅不可说，恐天下或有说之者矣。既曰寿夭不可求，甚于贵贱；而复曰善求寿强者，必先知灾疾之所自来，然后可防也。然则寿夭果可求耶？不可求也？既曰彭祖七百，殇子之夭，皆性命自然；而复曰不知防疾，致寿去夭；求实于虚，故性命不遂。此为寿夭之来，生于用身，性命之遂，得于善求。然则夭短者，何得不谓之愚？寿延者，何得不谓之智？苟寿夭成于愚智，则自然之命，不可求之论，奚所措之？凡此数者，亦雅论之矛楯矣。

论曰：专气致柔，少私寡欲，直行情性之所宜，而合养生之正度。求之于怀抱之内，而得之矣。又曰：善养生者，和为尽矣。诚哉斯言！匪谓不然？但谓全生不尽此耳。夫危邦不入，所以避乱政之害。重门击柝，所以避狂暴之灾。居必爽垲，所以远风毒之患。凡事之在外能为害者，此未足以尽其数也。安在守一利而可以为尽乎？夫专静寡欲，莫若单豹，行年七十，而有童孺之色，可谓柔和之用矣；而一旦为虎所食，岂非恃内忽外耶？若谓豹相正当给厨，虽智不免，则寡欲何益？而云养生可得？若单豹以未尽善而致灾，则辅生之道，不止于一和。苟和未足保生，则外物之为患者，吾未知其所齐矣。

论曰：师占成居则有验，使造新则无徵。请问占成居而有验者，为但占墙屋耶？占居者之吉凶也？若占居者而知盛衰，此自占人，非占成居也。占成居而知吉凶，此为宅自有善恶，而居者从之。故占者观表而得内也。苟宅能制人使从之，则当吉之人，受灾于凶宅；妖逆无道，获福于吉居。尔为吉凶之致，惟宅而已？更令由人也，新便无徵耶？若吉凶故当由人，则虽成居，何得而云有验耶？若此，果可占耶？不可占耶？果有宅耶？其无宅也？

论曰：宅犹卜筮，可以知吉凶，而不能为吉凶也。应曰：此相似而不同。卜者吉凶无豫，待物而应，将来之地也。相宅不问居者之贤愚；惟观已然。有传者，已成之形也。犹睹龙颜，而知当贵，见纵理，而知饿死。然各有由，不为暗中也。今见其同于得吉凶，因谓相宅与卜不异，此犹见琴而谓之箜篌，非但不知琴也。纵如论宅与卜同，但能知而不能为，则吉凶已成，虽知何益？卜与不卜，了无所在；而古人将有为，必曰问之龟筮吉，以定所由差，此岂徒也哉？此复吾之所疑也。武王营周，则云考卜惟王，宅是镐京。周公迁邑，乃卜涧瀍，终惟洛食。又曰：卜其宅兆，而安厝之。古人修之于昔如彼，足下非之于今如此，不知谁定可从？

论曰：为三公宅，而愚民必不为三公，可知也。或曰：愚民必不得久居公侯宅。然则果无宅也？应曰：不谓吉宅，能独成福，但谓君子既有贤才，又卜其居，复顺积德，乃享元吉。犹夫良农既怀善艺，又择沃土，复加耘耔，乃有盈仓之报耳。今见愚民不能得福于吉居，便谓宅无善恶，何异睹种田之无十千，而谓田无壤埆耶？良田虽美，而稼不独茂；卜宅虽吉，而功不独成。相须之理诚然，则宅之吉凶，未可惑也。今信徵祥，则弃人理之所宜；守卜相，则绝阴阳之吉凶；持知力，则忘天道之所存；此何异识时雨之生物，因垂拱而望嘉谷乎？是故疑怪之论生，偏是之议兴，所托不一，乌能相通？若夫兼而善之者，得无半非冢宅耶？

论曰：时日谴祟，古盛王无之，季王之所好。听此言善矣，顾其不尽然。汤祷桑林，周公秉圭，不知是谴祟非也？吉日惟戊，既伯既祷，不知是时日非也？此皆足下家事，先师所立，而一朝背之，必若汤周未为盛王，幸更详之。又当知二贤，何如足下耶？

论曰：贼方至，以疾走为务；食不消，以黄丸为先。子徒知此为贤于安须臾，与求乞胡；而不知制贼病于无形，事功幽而无跌也。夫救火以水，虽自多于抱薪，而不知曲突之先物矣。况乎天下微事，言所不能及，数所不能分？是以古人存而不论，神而明之，遂知来物。故能独观于万化之前，收功于大顺之后。百姓谓之自然，而不知所以然。若此，岂常理之所逮耶？今形象著明，有数者犹尚滞之；天地广远，品物多方，智之所知，未若所不知者众也。今执辟谷之术，谓养生已备，至理已尽；驰心极观，齐此而还，意所不及，皆谓无之。欲据所见，以定古人之所难言，得无似蟪蛄之议冰耶？欲以所识，而□□□之所弃，得无似戎人问布于中国，睹麻种而不事耶？吾怯于专断，进不敢定祸福于卜相，退不敢谓家无吉凶也。

答释难宅无吉凶摄生论

夫先王垂训，开制中人，言之所树，贤愚不违，事之所由，古今不忒，所以致教也。若玄机神妙，不言之化，自非至精，孰能与之？故善求者，观物于微，触类而长，不以己为度也。案如所论，甚有则愚，甚无则诞，今使小有，便得不愚耶？了无乃得离之也？若小有则不愚，吾未知小有其限所止也？若了无乃得离之，则甚无者，无为谓之诞也。又曰：私神立则公神废。然则恶夫私之害公，邪之伤正，不为无神也。向墨子立公神之情，状不甚有之说，使董生托正忌之途，执不甚无之言，二贤雅趣，可得合而一，两无不失邪？今之所辨，欲求实有实无，以明自然不诡，持论有工拙，议教有精粗也。寻雅论之指，谓河洛不诚，借助鬼神；故为之宗庙，以神其本；不答子贡，以求其然，则足下得不为托心无鬼口，齐契于董生耶？而复显古人之言，惧无鬼之弊，貌与情乖，立从公废私之论，欲弥缝两端，使不愚不诞，两机董墨，谓其中央可得而居，恐辞辨虽巧，难可俱通，又非所望于核论也。

故吾谓古人合德天地，动应自然，经世所立，莫不有徵，岂匿设宗庙以期后嗣，空借鬼神以罔将来邪？足下将谓吾与墨不殊，今不辞同有鬼，但不偏守一区，明所当然，使人鬼同谋，幽明并济，亦所以求衷，所以为异耳。论曰：钧疾而祷不同，故于臣弟、则周公请命，亲其身、则尼父不祷，所谓“礼为情貌”者也。难曰：若于臣子则宜修情貌，未闻舜禹有请君父也；若于身则否，未闻武王阙祷之命也。汤祷桑林，复为君父耶？推此而言，宜以祷为益，则汤周用之祷，无所行，则孔子不请，此其殊途同归，随时之义也。

又曰：时日，先王所以诫不怠而劝从事。足下前论云：时日非盛王所有；故吾问惟戊之事，今不答惟戊果是非，而曰所诫劝，此复两许之言也。纵令惟戊尽于诫劝，寻论案名，当言有日耶？无日耶？又曰：俗之时日，顺妖忌而逆事理。按此言以恶夫妖逆故去之，未为盛王了无日也。夫时日用于盛世，而来代袭以妖惑，犹先王制雅乐，而季世继以淫哇也。今愤妖忌，因欲去日，何异恶郑卫而灭韶武耶？不思其本，见其所弊，辄疾而欲除，得不为遇噎溺而迁怒耶？足下既已善卜矣，乾坤有六子，支干有刚柔，统以阴阳，错以五行，故吉凶可得，而时日是其所由，故古人顺之，焉有善其流而恶其源者，吾未知其可也。至于河洛宗庙，则谓匿而不信，类祃祈祷，则谓伪而无实，时日刚柔，则谓假以为劝，此圣人专造虚诈，以欺天下；匹夫之谅，且犹耻之，今议古人，得无不可乃尔也！凡此数事：犹陷于诬妄，冢宅之见伐，不亦宜乎？

前论曰：若许负之相条侯，英布之黥而后王。一栏之羊，宾至而有死者，性命之自然也。今论曰：隆准龙颜，公侯之相，不可假求，此为相命自有一定，相所当成，人不能坏，相所当败，智不能救，陷当生于众险，虽可惧而无患，抑当贵于厮养，虽辱贱而必贵，薄姬之困而后昌，皆不可为、不可求、而暗自遇之，全相之论，必当若此，乃一途得通，本论不滞耳。吾适以信顺为难，则便曰信顺者，成命之理，必若所言，命以信顺成，亦以不信顺败矣。若命之成败取足于信顺，故是吾前难寿夭成于愚智耳，安得有性命自然也？若信顺果成相命，请问亚夫由几恶而得饿，英布修何德以致王，生羊积几善以获存，死者负何罪以逢灾耶？既持相命，复惜信顺，欲饰二论，使得并通，恐似矛盾，无俱立之势，非辨言所能两济也。

论曰：论相命当辨有无，无疑众寡，苟一人有命，则长平皆一矣。又曰：知命者不立岩墙之下。吾谓知命者，当无所不顺，乃畏岩墙，知命有在，立之何惧？若岩墙果能为害，不择命之长短，则知与不知，立之有祸，避之无患也，则何知白起非长平之岩墙，而云千万皆命，无疑众寡耶？若谓长平虽同于岩墙，故是相命宜值之，则命所当至，期于必然，不立之诫，何所施耶？若此果有相也？此复吾之所疑也。又曰：长平不得系于命，将系宅耶？则唐虞之世，宅何同吉？本疑前论，无非相命，故借长平之异同，以难相命之必然，广求异端，以明事理，岂必吉宅以质之耶？又前论已明吉宅之不独行，今空抑此言，欲以谁难。又曰：长平之卒，宅何同凶？苟大同足嫌足下愚于吾也。适至守相，便言千万皆一，校以至理，负情之对，于是乎见。既虚立吉宅，□而无获，欲救相命，而情以难显，故□如此，可谓善战矣。

论曰：卜之尽理，所以成相命者也；此复吾所疑矣，前论以相命为主，而寻益以信顺，此一离娄也。今复以卜成之，成命之具三，而犹不知相命竟须几个为足也？若惟信顺，于理尚少，何以谓成命之理耶？若是相济，则卜何所补于卜？复曰成命耶？请问卜之成命，使单豹行卜，知将有虎灾，则隐居深宫，严备自卫，若虎犹及之，为卜无所益也；何云成相耶？若谓豹卜而得脱，本无厄虎相也，卜为妄语矣。若谓凡有命，皆当由卜乃成，则世有终身不卜者，皆失相夭命耶？若谓卜亦相也，然则卜是相中一物也，安得云以成相耶？若此，不知卜筮故当与相命通相成为一，不当各自行也？

论曰：无故而居可占，犹龙颜可相也，设为吉凶而后居，以幸福报，无异假颜准而望公侯也；然则人实徵宅，非宅制人也。按如所言，无故而居可占者，必谓当吉人之瞑目而前，推遇任命，以暗营宅，自然遇吉也；然则岂独古人，凡有命者，皆可以暗动而自得，正是前论命自然，不可增减者也。骤以可为之信顺卜筮，成不可增减之命矣，奚独禁可为之宅？不尽相命，惟有暗作，乃是真宅耶？若瞑目可以得相，开目亦无所加也。智者愈当识之。周公营居，何故踌躇于涧瀍，问龟筮而食洛耶？若龟筮果有助于为宅，则知暗作可有不尽善之理矣。苟暗作有不尽，则不暗岂非求之术耶？若必谓龟筮不能尽相于暗往，想亦不失相于考卜也；则卜与不卜，为与不为，皆期于自得，自得苟全，则善占者所遇当识，何得无故则能知，有故则不知也？今疾夫设为比之假颜，贵夫毋故谓之贞宅，然贞宅之异假颜，贵夫无故识之，贞宅之与设为，其形不异，同以功成，俱是吉宅也，但无故为贞宅，授吉于暗遇，设为减福于用知尔。然则吉凶之形，果自有理，可以为故而得，故前论有占成之验也。然则占成之形，何以言之？必遂远近得宜，堂廉有制，坦然殊观，可得而别。利人以福，故谓之吉；害人以祸，故谓之凶。但公侯之相，暗与吉会尔。然则宅与性命，虽各一物，犹农夫良田，合而成功也。设公侯迁后，方乐其吉，而往居之吉宅，岂选能而后纳，择善而后福哉？苟宅无情于择贤，不惜吉于设为，则屋不辞人，田不让耕，其所以为吉凶薄厚，何得不均？前吉者不求而遇，后闻吉而往，同于居吉宅，而有求与不求矣，何言诞而不可为也？由是言之：非从人而徵，宅亦成人明矣。若挟颜状，则英布黥相，不减其贵，隆准见劓，不减公侯之标，是知颜准是公侯之标识，非所以为公侯质也。夫标识者，非公侯质也。吉名宅宇，与吉者宅实也，无吉徵而自宅？以徵假见难可也，若以非质之标识，难有徵之吉宅，此吾所不敢许也。子阳无质而镂其掌，即知当字长耳；巨君篡宅而运其魁，即偏恃之祸，非所以为难也。至公侯之命，禀之自然，不可陶易。宅是外物，方圆由人，有可□之理，犹西施之洁不可为，而西施之服可为也。黼黻芳华，所以助□，吉宅□家，所以成相。故世无人方，而有卜宅。是以知人宅不可相喻也。安得以不可作之人，绝可作之宅耶？至刑德皆同此一家，非本论占成居而得吉凶者也。且先了此，乃议其余。

论曰：猎夫从林，所遇或禽或虎，虎凶禽吉，卜者筮而知之，非能为。安知所言地之善恶，犹禽吉虎凶，猎夫先筮，故择而从，禽如择居，故避凶而从吉。吉地虽不为，而可择处。犹禽虎虽不可变，而可择从。苟卜筮所以成相，虎可卜，而地可择，何为半信而半不信耶？又云：地之吉凶，有若禽虎，不得宫姓则无害，商则为灾也。案此为怪所不解，而以为难，似未察宫商之理也。虽此理之吉，而或长于养宫，短于毓商。犹良田虽美，而稼有所宜。何以言之？人姓有五音，五行有相生，故同姓不昏，恶不殖也。人诚有之，地亦宜然。故古人仰准阴阳，俯协刚柔，中识性理，使三才相善，同会于大通，所以穷理而尽物宜也。夫同声相应，同气相求，自然之分也。音不和，则比弦不动，声同，则虽远相应。此事虽著，而犹莫或识。苟有五音各有宜，五气有相生，则人宅犹禽虎之类，岂可见宫商之不同而谓之地无吉凶也？

论曰：天下或有能说之者，子而不言，谁与能之？难曰：足下前论以云：有能占成居者，此即能说之矣。故吾曰：天下当有能者。今不求之于前论，而复责吾难之于能言，亦当知冢宅有吉凶也。又曰：药之已病，为一也实；而宅之吉凶，为一也诬。既曰：成居可占，复曰□耶？药之已病，其验又见，故君子信之。宅之吉凶，其报赊遥，故君子疑之。今若以交赊为虚，则恐所以求物之地鲜矣。吾见沟浍不疑江海之大，睹丘陵则知有泰山之高也。若守药则弃宅，见交则非赊，是海人所以终身无山，山客曰无大鱼也。

论曰：智之所知，未若所不知者众，不可妄论也。难曰：智所不知，相必亦未知也。今暗许便多于所知者，何耶？必生于本谓之无，而强以验有也。强有之验，将不盈于数矣。而并所成验者，谓之多于所知耳。苟知然，果有未还之理，不因见求隐，寻端究绪，由□□而得卯未，夫寻端之理，犹猎师以得禽也。纵使寻迹，时有无获，然得禽，曷尝不由之哉？今吉凶不先定，则谓不可求，何异□兽不期，则不敢讯举气□足，坐守无根也？由此而言，探颐索隐，何谓为妄。

太师箴

浩浩太素，阳曜阴凝，二仪陶化，人伦肇兴，厥初冥昧，不虑不营，欲以物开，患以事成，犯机触害，智不救生。宗长归仁，自然之情。故君道自然，必托贤明，茫茫在昔，罔或不宁。赫胥既往，绍以皇羲默静无文，大朴未亏，万物熙熙，不夭不离。爰及唐虞，犹笃其绪，体资易简，应天顺矩，絺褐其裳，土木其宇，物或失性，惧若在予，畴咨熙载，终禅舜禹。夫统之者劳，仰之者逸，至人重身，弃而不恤。故子州称疾，石户乘桴，许由鞠躬，辞长九州。先王仁爱，愍世忧时，哀万物之将颓，然后莅之。

下逮德衰，大道沉沦，智惠日用，渐私其亲，惧物乖离，擘□□仁，利巧愈競，繁礼屡陈，刑教争施，夭性丧真。季世陵迟，继体承资，凭尊恃势，不友不师，宰割天下，以奉其私。故君位益侈，臣路生心。竭智谋国，不吝灰沉，赏罚虽存，莫劝莫禁。若乃骄盈肆志，阻兵擅权，矜威纵虐，祸蒙丘山，刑本惩暴，今以胁贤，昔为天下，今为一身。下疾其上，君猜其臣，丧乱弘多，国乃陨颠。故殷辛不道，首缀素旗，周朝败度，彘人是谋，楚灵极暴，乾溪溃叛，晋厉残虐，栾书作难。主父弃礼，彀胎不宰。秦皇荼毒，祸流四海。是以亡国继踵，古今相承。丑彼权灭，而袭其亡徵，初安若山，后败如崩，临刃振锋，悔何所增。

故居帝王者，无曰我尊，慢尔德音；无曰我强，肆于骄淫。弃彼佞幸，纳此逆颜。谀言顺耳，染德生患。悠悠庶类，我控我告，惟贤是授，何必亲戚，顺乃浩好，民实胥效，治乱之原，岂无昌教？穆穆天子，思问其愆，虚心导人，允求谠言，师臣司训，敢告在前。

家　诫

人无志，非人也。但君子用心，有所准行，自当量其善者，必拟议而后动。若志之所之，则口与心誓，守死无二，耻躬不逮，期于必济。若心疲体解，或牵于外物，或累于内欲，不堪近患，不忍小情，则议于去就。议于去就，则二心交争。二心交争，则向所见役之情胜矣。或有中道而废，或有不成一篑而败之，以之守则不固，以之攻则怯弱，与之誓则多违，与之谋则善泄，临乐则肆情，处逸则极意，故虽繁华熠耀，无结秀之勋，终年之勤，无一旦之功，斯君子所以叹息也。若夫申胥之长吟，夷齐之全洁，展季之执信，苏武之守节，可谓固矣。故以无心守之，安而体之，若自然也，乃是守志之盛者可耳。

所居长吏，但宜敬之而已矣，不当极亲密，不宜数往，往当有时，其众人又不当宿留；所以然者，长吏喜问外事，或时发举，则怨或者谓人所说，无以自免也。若行寡言，慎备自守，则怨责之路解矣。其立身当清远，若有烦辱，欲人之尽命，托人之请求，当谦辞□谢，其素不豫此辈事，当相亮耳。若有怨急，心所不忍，可外违拒，密为济之；所以然者，上远宜适之几，中绝常人淫辈之求，下全束修无玷之称，此又秉志之一隅也。

凡行事先自审其可，不差于宜，宜行此事，而人欲易之，当说宜易之理，若使彼语殊佳者，勿羞折遂非也，若其理不足，而更以情求来守人，虽复云云，当坚执所守，此又秉志之一隅也。

不须行小小束修之意气，若见穷乏而有可以赈济者，便见义而作。若人从我，欲有所求，先自思省，若有所损废多，于今日所济之义少，则当权其轻重而拒之，虽复守辱不已，犹当绝之。然大率人之告求，皆彼无我有，故来求我，此为与之多也；自不如此，而为轻竭，不忍面言，强副小情，未为有志也。

夫言语、君子之机。机动物应，则是非之形著矣，故不可不慎。若于意不善了，而本意欲言，则当惧有不了之失，且权忍之；后视向不言此事，无他不可，则向言或有不可，然则能不言全得其可矣。且俗人传吉迟、传凶疾，又好议人之过阙，此常人之议也，坐言所言，自非高议，但是动静消息，小小异同，但当高视，不足和答也。非义不言，详静敬道，岂非寡悔之谓？人有相与变争，未知得失所在，慎勿预也。且默以观之，其非行自可见，或有小是不足是，小非不足非，至竟可不言以待之。就有人问者，犹当辞以不解，近论议亦然。若会酒坐，见人争语，其形势似欲转盛，便当亟舍去之，此将斗之兆也，坐视必见曲直，党不能不有言，有言必是在一人，其不是者方自谓为直，则谓曲我者有私于彼，便怨恶之情生矣；或便获悖辱之言，正坐视之，大见是非，而争不了，则仁而无武，于义无可，当远之也。然大都争讼者小人耳，正复有是非，共济汗漫，虽胜，可足称哉？就不得远，取醉为佳。若意中偶有所讳，而彼必欲知者，若守大不已，或欲以鄙情，不可惮此小辈，而为所挽引，以尽其言，今正坚语，不知不识，方为有志耳。

自非知旧邻比，庶几已下，欲请呼者，当辞以他故勿往也。外荣华则少欲，自非至急，终无求欲，上美也。不须作小小卑恭，当大谦裕。不须作小小廉耻，当全大让。若临朝让官，临义让生，若孔文举求代兄死，此忠臣烈士之节。

凡人自有公私，慎勿强知人知，彼知我知之，则有忌于我，今知而不言，则便是不知矣。若见窃语私议，便舍起，勿使忌人也。或时逼迫，强与我共说，若其言邪险，则当正色以道义正之。何者，君子不容伪薄之言故也。一旦事败，便言某甲昔知吾事，以宜备之深也。凡人私语，无所不有，宜预以为意，见之而走者，何哉？或偶知其私事，与同则可，不同则彼恐事泄，思害人以灭迹也。非意所钦者，而来戏调蚩笑人之阙者，但莫应从小共转至于不共，而勿大冰矜，趋以不言答之，势不得久，行自止也。自非所监临，相与无他宜适，有壶榼之意，束修之好，此人道所通，不须逆也。过此以往，自非通穆，匹帛之馈，车服之赠，当深绝之。何者，常人皆薄义而重利，今以自竭者，必有为而作，鬻货徼欢，施而求报，其俗人之所甘愿，而君子之所大恶也。□□□□□□□又愦，不须离搂，强劝人酒，不饮自已，若人来劝，己辄当为持之，勿请勿逆也，见醉薰薰便止，慎不当至困醉，不能自裁也。